戦国秘史

堀田 林平

風媒社

戦国秘史

目次

斎藤道三と信長

天文十八年（一五四九）四月下旬のこと、斎藤道三と織田信長が尾濃の国境富田の正徳寺で会見することになった。この会見は道三からの申し入れを信長が受け入れたものだ。

経緯はこうである。道三の娘帰蝶（濃姫）が信長に嫁いだのが天文十七年の暮で、そのあとのことだが、いつか信長の「たわけ説」が尾張から伝わり道三の家臣の間で噂になっていた。このことが道三の耳にも入ったのだ。道三は娘婿が〝たわけ〟とは信じられず、半信半疑であった。そして終に真実を確かめようと信長に面会を申し入れたのだ。

当日の道三は町外れの納屋に隠れ、信長の様態を見届けようと待ち構えていた。

まもなく織田勢が通り始めた。中ほどの信長の姿は、髪は茶筅髷で浴衣の袖を外し、大小の刀は熨斗《のし》つきにし、腰を太い帯縄で巻き、周りには猿回しのように瓢箪七、八つと火打袋をつけており、虎・豹の革の半袴姿で、伴衆には三間柄の槍五百本、鉄砲五百挺を持たせて寄宿する寺に到着したのである。

到着すると信長は本堂の一角を屏風で囲い着替えをした。髪は折り髷にし、家中の者が誰も知らぬ間に作った染抜きの長袴を着用し、小さめの脇差を腰に差し、まるで貴公子のような姿で現れたのである。家中の者どもはこの意表を衝いた信長の姿を見て仰天した。

信長は本堂に出ると世話役の春日丹後、堀田道空が、「こちらへお越しあれ」と申し上げても素知らぬ顔で諸侍の居並ぶ前を通り、縁の柱にもたれて座った。

しばらくして屏風を引き払って道三が出て来たのだが、信長は相変わらず素知らぬ振りをしていた。たまりかねた道空が、「こちらが道三殿でございます」と紹介すると信長は、「であるか」とだけ応え、座敷の一室に入ったのである。

両人は道空のもてなしで杯ごとがあり、そのあと湯づけを食し、しばし歓談ののち再会を約して会見は終わったのである。

道三は信長を二十丁あまり見送った。この時の美濃衆の槍は二間半と短く織田方の槍は三間柄の朱槍で長く立派であった。これを見比べていた道三は興を醒ましていた。

信長を見送ったあと茜部で休息した時のことである。側近の猪子兵介が、信長はどう見ても〝たわけ〟だと言ったところ、道三は、「されば無念なことだが、我が子等はいずれたわけが門前に馬を繋ぐこと案の内だ」と応えたのである。これは、我が子等はいずれ信長の家臣にされてしまうであろうということだ。

道三は美濃一国を乗っ取ったほどの人物、僅かの対面の間に信長の非凡さを観察していたのだ。

今回の対面は、すべての主導権を信長が握り、道三は意表を衝いた信長の行為に振り回された格好で自ら敗北を認めたことになる。

信長が三間柄の長槍を採用したのには訳がある。信長がまだ奇妙な風体で遊びまわっていた少年のころのこと、町家や農民の子を集めて平田三位から教わった軍略の実践を色々と実行している。

ある寺の境内での出来事である。二、三十人集めた子供たちを二手に分け、一方には短い竹、もう一方には長い竹を持たせて戦わせたところ、圧倒的に長い竹を持った方が勝った。これを見ていた信長は、槍は長い方が有利であることを悟ったのである。

見物していた寺の衆は、この子は将来きっと秀れた大将になるであろうと囁き合ったとのことだ。

信長はいつも腰の周りに瓢箪を付けているが、瓢箪には多分米等が入っており、隠し置いた鍋釜で米を炊いて食わせたり、煮物をしたりして彼等に日夜食わせていたと思われる。時には銭を賞として与えたり、町屋で食い物を買い与えたりしたので、彼等は信長の家臣のように手足となって従ったのであろう。信長がいつも火打袋や銭の袋を下げていることで理解ができよう。

道三が信長を信頼するようになったのは、次の出来事からである。

三河緒川の水野金吾（信元）は父の忠政の代までは駿河の今川に従っていたが、忠政が死に信元の代になると、信元は今川と手を切り信長に従ったのである。

このため今川は緒川に対向する向かい側の村木に砦を築いて立て籠った。このため近くの寺本の城も今川に人質を差し出し敵方になった。これによって尾張に通じる道が断ち切られたのだ。

信元は信長に救援を求めた。

信元を見殺しにすれば次後信長に従う者は誰も現れなくなる。信長は困りぬいた。救援はしたいのだが城を空にはできない事情があった。

この時の信長は清須の守護代、織田彦五郎を敵にまわしていたことによる。なぜ守護代が敵になったのか、理由は次の通りである。

尾張の守護、斯波義統の守護代および重臣の坂井大膳、河尻左馬亟等は、いつしか守護の命を聞かなくなったのだ。義統の不満はつもりつもって側近の簗田弥次右衛門が使者となり深夜に信長を訪れ、信長に清須の攻撃を要請した。信長が城を囲み、武衛さまこと斯波義統がこれに呼応し、城門を開いて信長軍を引き入れる密約が交わされたのである。

この密約が洩れた。

このため、七月十二日、彼等は斯波義統の館を急襲し攻め立てたので、義統はじめ輩下の者等は応戦する余裕もなく館の隅に追いつめられ、終に館に火をかけ、主従すべての者が自刃して果てたのである。

このようなわけで腹背に敵があり、信長は困り果てていたのである。

そんな折り、妻の帰蝶（濃姫）が、わが父道三に援助を求められよ、と助言した。

信長は妻を信じ、道三に援軍を要請した。

美濃からは安東伊賀守が千人ほどの軍勢で駆けつけた。道三の命があったようで伊賀守は那古野城には入らず、城下の田幡に布陣した。信長は何の憂いもなく城は妻の帰蝶に預けて出陣したのである。

二十一日は熱田、翌二十二日は、大風で船頭が危険で船は出せませぬと言うのを無理に船を出させて、二十里ばかりの道程を凡《およ》そ半刻ばかりで着岸し、野陣をかけ、自らは直ちに緒川に急行して水野金吾のもとに到着した。

二十四日、駿河衆の立て籠る村木の砦を攻撃、信長自身は一番攻めにくい南口を受け持ち、鉄砲隊を自ら指揮し討ちかけ、討ちかけし、塀をつき崩しなだれ込んだ。西口は織田孫三郎が攻め、東口の大手門には水野金吾が当たり、水野も勢いに乗り砦内になだれ込んだ。

駿河衆は大勢の死者を出したあと降伏したので、後始末は水野に任せて信長は引き揚げたのである。

信長はこの戦で鉄砲の威力を実感した。

帰陣すると安東伊賀守の陣所に出向き、今回の援軍の礼を述べたあと、戦の詳細を語り、道三へのお礼と報告を要請した。

伊賀守が美濃に帰り道三に報告すると、道三は信長のことを凄まじい男だ、隣は最早大人になったと言った。


斎藤道三とはどのような人物であろうか。道三は山城国、西岡の生まれで松波が本姓である。

明応三年の生まれで、幼名を峰丸という。幼くして京都の法華宗妙覚寺に入り、法蓮坊と称す。後、還俗し松波庄五郎となり、山城に帰り燈油を商う。

度々美濃の国に出向いて商いをしているうちに、土岐頼芸の臣長井左衛門に見い出されその家臣となったが、奸智に長けた道三は大桑城の城主土岐頼芸に取り入り、あろうことか頼芸の命といって主の長井左衛門を斬り殺した。

その後頼芸の子息を聟に迎えたが、この聟の次郎も監禁した。ある雨の深夜のこと次郎は脱出し尾州を目指したが、途中で追手に捕まって切腹させられた。

道三は土岐頼芸をも大桑城から追い出し、美濃一国を手中にしたのである。

頼芸は尾州に落ち延び、信長の父信秀に援けを求めた。信秀が再三美濃攻めをしたのは頼芸の国の奪回を目指してのことである。

こんなことのあと、美濃の国で何者かが落書を七曲りの百曲りという場所に立てた。

主を斬り聟を殺すは身の終わり（美濃、尾張）昔は長田今は山城、と。

この長田とは平治の乱に破れた源義朝が関東に落ち延びる途中、尾張の内海（野間）で家臣筋の長田忠致に一夜の宿を借り、入浴中のところを平家の恩賞に眼が眩んだ長田が義朝を討ち取った故事を指している。「今は山城」は言うまでもない道三のことだ。

道三は小さな罪の者でも容赦なく牛裂きの刑にしたり、あるいは釜を据え、その女房や親兄弟に火を焚かせて罪人を煎り殺し、凄まじい成敗をした人である。

道三には子息が四子あって長男を新九郎、次男を孫四郎、三男を喜平次という。末子は未だ幼く勘九郎という。『信長公記』には長男というものは大方が心が緩々として穏当な者が普通であるが、道三は智慧の鏡も曇り新九郎を愚か者と決めつけ、城主の地位を次男の孫四郎に替えることを口にしていた。このことを耳に入れた新九郎は無念でならず伯父の長井隼人正に相談した。隼人正は血縁である新九郎に弟二人と道三を除くことを進言、新九郎が重病で命が旦夕《たんせき》に迫っていると偽り、弟二人に遺言がしたいとのことを、長井隼人が使者となって誘い出した。両名が見舞いに訪れたのを館の奥に引き入れ、日根野備中守が作手棒兼常の業物《わざもの》で二人を斬り殺したのである。

道三は十一月の末に入ると避寒のために山の下の屋敷に入っており、そこで新九郎から弟二人を斬ったとの通告を受けた。

道三は仰天、肝を潰し、直ちに螺《ほら》を吹かせて人数を集め、城下の町々に火をかけて稲葉山城を裸城にした後、自身の蔵入れの地山県郡に退いたのである。

道三は翌年の四月十八日に城の対岸の鷺山に陣を据えた。

では道三の嫡子、新九郎義龍とは如何な人物であるか。『武将感状記』には次のような記述がある。

「道三、其の家臣稲葉伊予守が妹を夫人とす、艶容比すべき者なし、然れども丈高きこと六尺ばかり、義龍其の腹に生まれたるを以てのゆえか丈六尺四、五寸膝をかがめて坐せるところ、膝の高さ一尺二寸の扇を立て比べるに、未だ及ばざること手一束（握り拳）ばかりなり、膂力人《りょりょくじん》にこえ勇鋭倫を絶つ、外貌は惷愚頑冥《しょうぐがんめい》なるが如くに内心は実に頴悟明朗《えいごめいろう》なり、時に人情を察し、ひそかに時勢を謀りて勘辨《かんべん》す」とある。

新九郎義龍の出生については色々の説がある。

一つには土岐頼芸の胤《たね》を宿した愛妾深芳野《みよしの》を道三が奪い取り、月足らずで生まれた子なので実子ではないとの説と、更にいま一つには、前に述べた稲葉伊予守の妹の子で実子との説で、『武将感状記』の説に従えば、伯父は稲葉姓になるはず。しかし『信長公記』の記述に従えば、伯父の長井氏と合わない。多分道三がまだ身分が低く妻の姓長井を名乗っていた頃に生まれた子で、間違いなく長井氏の腹で道三の実子ということになるのだ。

この『信長公記』の説には証明できる人物がいる。猪子兵介である。

兵介は道三と信長が富田の正徳寺で会見した帰途、茜部で休息した折信長のことを「たわけ」と言った人物で、道三の側近であったが長良川の合戦で道三が敗死したあと尾張に逃れて信長に頼り家臣となった人物である。本能寺の変の折には信忠付きとして従い、二条の御所で討死している。

信長に仕えたことから推察すると、道三の身辺の出来事はすべて信長に語られていたと考えられるから、『信長公記』の記述にある通り、長井隼人正は間違いもなく新九郎義龍の伯父で、『武将感状記』の稲葉伊予守の妹の子という記述は虚構ということになる。

話は戻るが、鷺山に陣を据えた道三は人数を集めたのだが、初めの頃は家臣等は親子の争いに戸惑い、双方に顔を出したり日和見の態度が見えた。しかし美濃三人衆の稲葉伊予守、安東伊賀守、氏家常陸介の三人が新九郎義龍に従ったことで形勢が一変し、家臣等は雪崩を打って城方に従ったので、道三方には側近の者を含めて凡そ二千足らずの兵より集まらなかったのである。

道三は翌日の合戦で死を覚悟し、信長には美濃一国の譲り状を送り救援を求め、末子の勘九郎には次のように遺言状を書き送っている。

遺言状

態と申し送る意趣は、美濃の国の地、終に上総介の存分に任すべき条譲り状、信長に対して贈り遣わし候事。

その方の儀、兼ねて約束の如く、京の妙覚寺へのぼらせむに候。

此の如く一子出家すれば九族天に生ずと云える。

それも夢、斎藤山城においては法華妙体の中に生老病死の苦しみを離れ、修羅場に至り仏果を得ることうれしき。

既に明日一戦に向かい、五体不具の成仏疑いあるべからず候、実にや捨てだに、此の世のほか、なきものを、いづくが終の住家になるであろうか。

弘治二年四月十九日

斎藤山城入

道三（花押）

児まいる

四月二十日辰の刻（午前八時頃）、道三は鷺山を下りて長良川畔に布陣、義龍もまた対岸に布陣した。義龍の先陣は六百ばかりの人数を従えた竹越道塵で、彼は川を渉《わた》り道三の陣中に斬り込んだ。しかし道三軍の旗本勢に押し包まれて道塵は討ち取られた。

成り行きを見ていた道三は母衣《ほろ》をゆすり喜んだ。

しかし喜んだのも束の間、二番手に義龍自身が大軍で川を渉り始めた。道三は義龍の武者の配り方や、人数のたてようが軍略に適っていることに感嘆し思わず声をあげた。

「兎に角、儂《わし》はあやまっていた。勢のつかいよう、武者配り、人数のたてようが道理に叶っている、流石《さすが》吾が子だけはある、美濃一国を治める者と言える」

この言葉を聞いていた側近の者は皆涙を流した。

義龍の軍勢は川を渉りきると、道三の陣中に突入し激戦となったが、兵力の差はどうにもならず、道三軍の兵は次々と討ち取られていった。

義龍方の長井忠左衛門が道三に討ちかかり、太刀を押し上げて生捕りにしようとしたが、横合いから小牧源太が道三の腰を薙《な》ぎ払い押し伏せて首を獲った。忠左衛門は止む無く後日の証拠に道三の鼻を削《そ》いだ。

信長は道三救援のために出兵はしたのだが、大良口で義龍の軍勢に阻まれて釘付けとなり、道三軍の敗軍で空しく引き揚げるところを義龍の軍の追撃を受け、しんがりの山口取手介と土方喜三郎が討死。森三左衛門が膝を斬られて負傷。信長自身も後尾に残り、鉄砲を撃ちかけ撃ちかけして引き揚げた。

信長と光秀

本能寺の変は天正十年六月二日に起こっている。

『明智軍記』には次のような記述がある。

信長が同年の春、甲斐の武田勝頼を攻めたときのこと、美濃曽根の城主である稲葉伊予守一鉄の働きが悪かったことを信長が責めたとき、一鉄は次のように言い訳をした。

「私には羽翼の臣である斎藤内蔵助と那波和泉守と申す者が居《お》りましたが、明智に高禄で招かれ彼の家臣になってしまったのです。それで明智に申し入れをして何とか那波一人だけは召し返しましたが、斎藤利三はついに返されず面目を失うことになりました」と。

信長が光秀に、斎藤を一鉄に返してやれと命じたが光秀が承知しなかったので信長は光秀を殴ったとあるが、このような記述は馬鹿げている。主君の命は絶対なもので従わない家臣は必要がない。即刻領地召し上げの上追放されるはずである。

それでは光秀はなぜ信長に背いたのか、その背景には次のようなことがあった。

天正八年四月九日、石山本願寺の門跡大谷光佐は大坂城を明け渡し、下間《しもつま》、平井等の側近を供に紀州の雑賀《さいが》へ退いた。

石山本願寺は信長の宿敵として五年に及ぶ間大坂城に立て籠り信長に抵抗した。その間信長は本願寺を包囲し続けた。

この本願寺を囲む兵力は常に数万の人数が必要であったのだ。

本願寺が退散したことで、その兵は一人も必要がなくなった。ここで信長は人員整理を始めた。手始めに武人としての才覚に乏しく功績の少なかった者が槍玉にあがった。

佐久間右衛門尉信盛に白羽の矢が立った。佐久間は信長の父信秀の代から仕えており、織田家譜代の家臣である。

その筆頭家臣に信長は折檻状を与えて追放した。

覚

一、父子五ヵ年在城の内に（石山本願寺包囲）善し悪しにかかわらず、何の働きもなかったのは世間の人々（同僚の家臣たち）も不思議に思っていたことだ。儂も思い当たり、言葉にも述べがたい。

一、其方《そのほう》の心を推し計って見るに、石山本願寺は大敵との思い込みから、武力攻撃をすることもせず、策略を用いて攻略することもせず、ただただ自分の陣地を丈夫に構えておるだけで無駄な年月を送った。相手は長袖の坊主共で武士ではない。何《いず》れ信長の威光で退散するであろうに、其方は坊主共に遠慮しておったのか。武士道は格別なものだ、勝敗を計算し一戦を遂げたならば儂のためでもあり其方等父子のためでもあるのに分別もなく卑怯の一語に尽きる。

一、丹波の国、日向守が働き天下の面目をほどこした。次に羽柴籐吉郎、数カ国比類なし、然《しか》して池田勝三郎小身といいしも、ほどなく花熊（伊丹城）を落城させた。
これ又、天下の覚えを取る。
一、柴田修理亮、右の者共の働きを聞き及び、一国を領しながらも、天下の噂に刺激され加賀一国を平均した。
一、其方は自分が武篇に秀れておらぬと思ったなら策略を用いるとか、儂に智恵を借りにくるとかすれば済むところ五年の間、一度も申し入れがなかったのは曲事である。
一、我が家中では与力衆（家臣と協力者）どこにでもいる。三河にも、尾張にも近江にも与力衆はいる。河内、和泉にも与力、根来衆もいれば紀州にも与力がいる。自分の兵力とこれ等の与力衆を合わせたら、どれほどの人数になると思う。これ等を加え其方が一戦をしておれば儂は何もいうことはない。
一、緒川、刈谷の水野下野守信元の跡職を任せたところ、水野の旧臣を雇い入れることもせず、彼等を悉《ことごと》く追い出し、蔵入のすべてを金銀に替えたことは言語道断である。

一、先々に自分が召し抱えた者共に加増するとか似合の与力を付けるとか、新季に侍を召し抱えるにおいては、これほどの落度はなかろうに、自分の蓄にばかり身を入れ天下の面目を失い唐土、高麗、南蛮にまでその隠れあるまじき事。

一、信長の代になり三十年奉公を遂げたるうちに佐久間右衛門比類なき働きと申し鳴らしたことは一度も無い。

一、一世の内で儂は勝利を失ったことはないが、先年遠江へ人数を遣わし候刻（三方ヶ原合戦）、負け戦ではあったが、其方が兄弟の誰かを討死させたとか、家中の者共が討死しておったならば、たとい負けて逃げ帰っても仕方がないことだが、身内の誰一人も討死者を出さずに逃げ帰り、剰《あまつさ》え平手甚左衛門汎秀を捨て殺しにしたことは言語道断である。

この上は父子で頭を剃り高野に栖を遂げ、儂が赦免するのを待て。

この他に数カ条あるが省略する。

時期を同じくし、林佐渡守、安東伊賀守（伊賀伊賀守）、丹羽右近等が過去に信長に背いたことのある人物として同時に追放されているが、過去に信長に背いた人物には柴田勝家もいる。だが勝家は明智と同じように激賞されている。佐久間右衛門の追放の経緯から見ても分かるように、これらの人は武人としての才智、武略に欠けている者が追放されたと見るべきであろう。

では光秀は何故信長に背いたのか、光秀は信長の佐久間宛での書状で、自分がこれほど信長から高く評価されていることは知る由もない。信長の本心を知り得たならば背くことはなかったと思われる。

光秀の眼には、信長の父信秀の代からの重臣であろうと、まるで古草履でも捨てるように信長は追放したと受け止めたのではあるまいか。ましてや自分は新参者の出世頭で、今では柴田勝家、羽柴秀吉に次ぐ織田家を支える三本柱の一人に出世している。動員兵力も一万人を超す大身である。

しかし今の光秀は閑職にある。

柴田勝家は越中に進出し上杉景勝と鉾を交えている。羽柴秀吉は中国筋で毛利と対戦中である。

信長が光秀に命じたのが、羽柴秀吉の応援である。光秀が戦果を挙げたとしても、その功績は羽柴秀吉のものになる。

信長が自ら中国攻めに出馬するということは、毛利を滅亡させる準備が整ったことを意味する。毛利が滅亡すれば本願寺の場合と同様兵力の必要はなく、当然縮小されると光秀が理解したと考えられる。

荒木村重は家中の誰かが本願寺の誰かに兵糧を売り利益をあげたことが原因で反逆者として滅亡した。

光秀には、これらの出来事は常に脳裏にあり、兵力の必要がなくなった時期には、信長が必ず人員を整理すると光秀は判断していたと思われる。

今の光秀には働く場がなかった。信長の命は中国筋への応援である。毛利が亡べば整理の対象になるのは自分かも知れぬとの思いはあった。しかし光秀としては近江、坂本の地は信長から拝領したが丹波一国は自分の力だけで攻め取った地という自負もあった。

信長がわずかの馬廻衆だけで本能寺に宿泊していることが刺激となり、今ならば信長を必ず倒せるとの誘惑に駆られた結果であろう。

明智軍が本能寺を取り巻いた時、信長はじめ小姓衆は、周辺のざわめきに、はじめは馬屋の小者等が喧嘩でも始めたぐらいに思っていたようだが、明智の反逆を聞いて、信長は是非もないとだけ言っている。

信長の小姓衆の中で森蘭丸（長定）の討死は一般に華々しく取り上げられているが、蘭丸には年子の弟二人がおり、同じように信長に仕えている。蘭丸の次が力丸（長氏）、三番目が坊丸（長隆）で、蘭丸同様に本能寺で彼らも討死している。蘭丸の陰に埋もれて一般に名前も知られていないのは誠に気の毒である。

逆鱗

織田信長が天下統一を目指して中原に駒を進め、旭日昇天の勢いで版図を拡げつつあった頃のことである。

ある時、近習の旗本たちが信長に諂ってこう言ったものだ。

「平手政秀は今の上様の強大になったことを見ることもなく自害したが、全くの短慮のことで無駄な死に方をしたものだ」と。

この言葉を聞いた信長は激怒し、

「今では儂は平手中務を死なせたことを恥じ後悔しておる。その平手のことを悪く言う奴は許さん」

と言って、その場で彼等を追放したのである。

この近習の旗本達は、桶狭間の合戦の砌《みぎり》に、信長が人間五十年を謡い舞い終わると、螺《ほら》を吹かせて一騎駆けに夜中に出陣した時、後に続いて出陣した旗本五騎の内の四人である。一人岩室長門が桶狭間の合戦で討死していたので残るは四人で、長谷川橋介、佐脇籐八、加藤弥三郎、山口飛騨守のことである。

彼等は途方に暮れ、三河の徳川家康を頼った。三方ヶ原の合戦が起こり信長から派遣された援軍の将・佐久間信盛、滝川一益、平手汎秀の三人のうち、皮肉にも政秀の子汎秀の隊に陣借りして参戦することになったのである。

当然のことだが、彼等は手柄を立てて信長に詫びを入れ帰参を願い出るつもりだったはずである。しかし戦は徳川、織田の連合軍に利は無く完敗に終わり、平手汎秀の隊は全滅し彼等もまた全員が討死した。口は災いのもとで、軽口は慎むべきであろう。

この平手の首を信玄は信長のもとに送り付け、手切れを通告した。

信長は合戦の前は信玄とは友好関係にあって、信長の嫡男信忠と信玄の娘の婚約が整っていたのだが、これも当然破談となる。

信長の本音は信玄とは友好関係を保ちたかったはずだが、同盟者の家康には姉川の合戦の折りの恩義もあり、応援の兵を出さぬ訳にはいかなかったのだ。

三方ヶ原の合戦のあと信玄は、信長の属城岩村城の攻撃を秋山伯耆《ほうき》守に命じた。

岩村城は遠山氏の持ち城であったが、信長は叔母を遠山内匠助に娶《め》合わせたが運悪く内匠助が若死にして叔母は寡婦となった。それで信長はわが子お坊丸（後の源三郎勝永）を叔母のもとに預け、ゆくゆくは家督に据えるつもりであった。

しかしあろうことか、この叔母が敵に通じ秋山伯耆守を城に招き入れ、代々の遠山の家臣十数名と、信長が差し向けた家臣十数名を合わせ三十名近い家臣が斬り殺されたのである。

お坊丸は人質として甲斐に送られた。

この時信長は援軍を派遣したが、叔母の裏切りで救援は間に合わず空しく引き揚げている。

信玄が死に勝頼の代となり、天正三年に勝頼は長篠に出兵したが、徳川家康の援軍信長の鉄砲隊の前に討ち負け、著名な武将、山県三郎兵衛はじめ馬場美濃守、真田源太左衛門兄弟、小幡備前、同じく上総、小山田十郎兵衛、原、甘利等の武将が大勢討死し、武田の勢力は半減した。

信長は長篠の合戦に勝利したあと、岩村城の奪還を目指し城を囲んだ。信長は旧武田の家臣で今は信長に臣従している服部某を召し、

「城は堅固だが、何か攻略する手立てはあるか」

と問うたところ服部某は、

「別に策とてございませんが、敵を騙す手当てがございます。一つやってみましょう」

と言い、夜半に城際に行き、知り人の亀井善六を呼び出し、「お主は何であんな愚将の下で甘んじて仕えておる。織田様は立派な大将だ、仕えたらどうか。自分が仲立ちする」と言葉たくみに誘いを入れたところ、この男あっさりと承諾したのである。

この人物、あろうことか、今は秋山伯耆守の妻となっている信長の叔母と密通していたのだ。この事実を秋山に知られることを恐れて寝返ったのである。

織田軍の総攻撃を受けて城は落城し、秋山伯耆守と信長の叔母は生け捕りになり、後日、長良川の川畔で秋山は生きたまま逆さ磔《はりつけ》になり、信長の末を見よとの言葉

を残し、八日目に苦しみぬいたあと死に、信長の叔母もまた斬られて、秋山同様、長良川の川畔で晒《さら》されたのである。

若き日の信玄

武田氏は甲斐源氏、新羅三郎義光が祖で、義光は源頼義の子で、八幡太郎義家は兄である。

武田氏は代々嫡男は太郎を名乗っている。信玄もまた太郎（晴信）であり、その子もやはり太郎（義信）で次郎、三郎、四郎、五郎と続く。

信玄が父の信虎と不和になったのは次のことが原因である。

信玄が元服前のある日のこと、父の信虎が秘蔵している鹿毛の馬を所望したのが、ことの始まりである。

信虎は戦国期の荒大名であり、良馬は戦場に臨む武将にとってかけがえのない宝なのだ。いくら太郎の望みとはいえ、こればかりは譲るわけにはいかなかったので信虎は、「太郎はまだ若年でこの馬は似合わない。来年は十四歳になり元服することになるので、その時には武田家代々伝来の御旗（八幡太郎が使用したもの）と

楯無しの鎧（新羅三郎が着用したもの）を家督とともに譲るからと言ったところ、信玄は、

「来年元服するといっても今は部屋住みの身、どうやって受け取ったらよいものか。馬なれば今から練習もできるし、向こう一年先に出陣ということになっても後陣を護るぐらいはできるではないか」

と言って信虎の意向に逆らった。

短気な信虎は激怒し大声で、「儂の言いつけに従わぬような者は総領であろうがこの国から追い出し、次郎（典厩信繁）を跡目にたてる」と言い、なおも続けて抜刀し晴信と傅役を追い回した。

曹洞宗の春巴和尚が仲裁に入ったので、この時は事なきを得たのである。

このあとも信玄の信虎に対する抵抗がさらに続いた。

たわけの真似である。

馬に乗り態《わざ》と落馬し背中に土を付けたり、きたなく汚れた姿で信虎の前に出たり、溺れる真似をし家中の者に助けられたり、すべてが弟（信繁）に劣ることを演じた。

当主の信虎が率先して信玄を誹《そし》るので、家中の者もこれに倣《なら》い信玄を馬鹿にした。そんななか、天文五年七月、太郎が十六歳のとき三条公頼公の姫君が信玄のもとに輿入れをした。

仲立ちをしたのが駿河の太守、信虎の娘婿の今川義元である。

同年の十一月に信玄は初陣をした。

平賀源信が籠もる海野口の城である。城を囲んだが大雪で味方は寒さに震え落城の望みは薄かった。

大将の信虎はやむなく重臣に計った結果、ひとまず引き揚げて来春に改めて城攻めすることに決め、兵を引く準備にかかろうとしたときのこと、信玄が進み出て殿軍《しんがり》を申し出たのである。

信虎はこの申し出を嘲笑《あざわら》って言った。

「このような場合、嫡男ともあろう者が殿軍を申し出るとは武田家の恥さらしである。見るがよい。この大雪、敵が追撃できる状態か」と言って声を荒げ、「こんな場合、嫡男たる者は、弟次郎（信繁）に殿軍をさせて、自分は避けるのが将の器というものだ」と叱った。

それでも晴信は懲りもせず願ったので信虎は仕方なく承諾した。

信玄はあとに残り、いかにも用心したふりに見せかけて三百人ほどの人数に命を下し、兵糧は一人で三人分をこしらえさせた。翌早朝に引き揚げることができるように、出立の準備をしたまま仮寝をし、寒さよけにと全員に酒を配り、七ツ時（早朝の四時）に出立すると全員に伝えた。下々の雑兵に至るまで信玄の深謀を知る由もなく、信虎が言ったように、この大雪に敵が追撃してくるとは、とても考えられないことだと信玄を嗤《わら》った。

信玄は二十七日の遅くに一度引き揚げたが、これは見せかけで夜には引き返し翌朝に備えたあと、二十八日夜明けとともに城攻めにかかった。

城方では、大雪のため武田勢が引き揚げたとの思い込みから源心は油断し、自分の身内までも里に帰し、地侍や年寄もすべて帰してしまっていた。城には源心はじめ、徒歩武者がわずかに八十人ほど在城するだけになっていたのだ。

城の乗っ取りは無血のまま成功し、平賀源心はじめ五、六十人の者が無防備のまま討ち取られてしまった。

信玄は根小屋を焼き払うと近くの村落などに手を延ばし、あちこちから二十人、三十人と敵を探し出し、始末をして引き揚げた。

信玄この時、齢わずかに十六歳であった。

この報告を受けても信虎は褒めなかった。

なぜ城に在城し、使いを寄こさなかったかと、城を捨ててくるとは臆病者のすることだと言って非難したのだ。


こんななかでのことである。

信玄は駿河の太守、今川義元に書を送り、信虎の意向なので、自分を嫡男の地位から除き、弟の信繁を後継者に据えるよう助力してもらいたいと願った。

これに対し義元は晴信のたわけぶりの噂を信じて欲を出した。

わが舅の信虎は剛勇の士として近隣にその名が轟いている。当然のこと舅の甲州にまでは迂闊に手が出せない。たわけの信玄を当主に擁立すれば、ゆくゆくは自分の旗下に属することは案の内ではないかとの思惑を描いた。

またその上、わが子氏真の代まで家の安泰を願う親心もあって、信玄には、「儂が応援するから信虎を追放し、武田家を乗っ取れ」と勧めた。

陰謀の密書が駿河と甲斐を幾度も往復し、信虎が義元の要請を受けて駿河に出立したあと、約束の九日目のこと。かねての手はず通りに板垣信方、飯富兵部の協力のもとに晴信はクーデターを決行し、各部将の家族を人質に取ると、誓書を書かせて無血のまま家中の統一を計りクーデターは成功した。

一方、信虎に従って駿河に出向いた数十人の家臣たちは、信玄に家族が人質に取られているのですべての者が甲斐に戻ったのである。

では信虎はどうなったのか。彼は駿河に留まったまま今川の庇護を受け、後には京に上ったが、甲州の土を踏むことは二度となかったのである。

この秘事であるはずの内紛は、近隣諸国に早々と伝わった。

信州の諏訪頼重は内紛を耳にすると、今が甲斐を討つよい機会だと言って小笠原長時にも誘いをかけ、天文十七年六月、伊那の国人等をも味方に引き入れ一万余の兵力で甲斐の韮崎に進撃した。

信玄の人数は六千余であり、数では劣勢であったが戦巧者が揃っていた。

一番手飯富兵部、二番手が信玄の旗本勢で甘利備前が加わり、三番手が小山田備中、四番に板垣信方と続き、彼等は皆戦に勝ち進撃した。しかし敵は次々と新手を繰り出し、武田勢が戦いに疲れて息切れがし始めた頃のことである。

原昌俊が機転を利かして、西郡や東郡の地下人や甲府の町人等を掻き集めて、使い物にならなくなった古具足を集めさせて着用させ、これもまた紙の小旗で差し物をつくって背に差させて、さらに古槍、あるいは竹の柄に長柄を差し込んだだけのまやかしの槍で武装をさせた人数が凡《およ》そ五千ほど、この軍勢が韮崎へ繰り出した。

敵はこの新手の軍団の出現に驚き、信玄の旗本勢に追い崩された末、二千七百余の死者を残して敗走した。

信玄は原昌俊の機転に助けられたのである。

天文八年、信玄が十九歳の時のこと。

彼は名実ともに一国の主になっていたことから、何事も自分の思うがままに事が運べるわけで、有頂天になっていた時期があっても不思議はない。

今の信玄はそれにあたる。

『甲陽軍鑑』の一節に次のように記されている。

「晴信公無行儀にまします事

中々その時代の衆、物語り仕りながらも残さず申す事は成がたきほどの様子と相聞こえ候。

その仔細は若小殿、原衆、あるいは若女房たちを集め給い、日中にも御屋敷の戸を立てまはし、昼といへども蝋燭をたて、一切夜昼の弁もなく、夜は乱鳥（夜明け一番鶏が鳴いたあと、二番鶏に続いて群鶏が一斉に鳴きだすさま）までの狂、昼は九ツ時までおより候へば御前衆ばかり奉公申様にて、その余は夜昼つとめても大将にお目にかかる事なし。

殊更、日々出仕の近習などの年来の侍は、夜々に乱鳥まで罷りあり、さて夜をあかし腹中もちがい迷惑、沙汰のかぎり也」

とある。

信玄は、たまに表に出ても詩に凝りだし、出家衆を集め、詩を作る会があるときは、政務をほったらかしで詩作に熱中し宿老たちが意見しても聞き入れず詩作ばかりに熱中した。板垣信方は並の諫言では効果がないと考えて、詩をよく作る出家をわが家に招き、出仕は仮病をつかって繕い、三十日あまり昼夜を問わず詩作に専念し、城中で詩作りの会の催しがある時、自分も一首作りたいと申し出た。

信玄は板垣の無学を承知していたので不思議に思いつつもこれを許し、題を渡した。

板垣は即座に詩を作って差し出した。

信玄は板垣の詩を見て疑い不思議に思い、今一度作って差し出せと命じたが、板垣はまたもや即座に作り、差し出した。

信玄は、板垣が前々から誰かの口から題を聞きだしており、作られた詩をただ写し書きしただけで差し出したのであろうと言ったので、信方は、「それでは改めて別の題を下され」と言い、信玄が思いつくままその場で題を与えたところ、信方は三首まで即座に作って差し出した。

信玄は、「即座に三首まで作るとは並ではない。いつのまに習い覚えたのか」と問い糺《ただ》したところ、信方は、「お屋形様にできて、われら宿老にできぬのでは恥であると存じまして、このようにしたまででございます」と応えた。

「こののちいっそううまく作るには何年ぐらいかかりましょうや」と問うたところ信玄は応えて言った。「よい詩を作るにしてもこののちは苦労は無かろう」と。

ここではじめて信方は意見をした。

「われらがわずかな指導できることに熱中し政事を顧みぬとは沙汰のかぎり、国を持つ主は、国の仕置を正し、藩の諸侍を指導し、他国をも斬り取って、お父上信虎様より十双倍も名を揚げられて、やっとお父上と対等になったと思し召されよ。

信虎公は行儀が頗《すこぶ》る悪く無道な行為も多く重科の者や、軽い罪人も同一に処罰なされたり、ご自身が腹を立てれば善悪の見境もなく処罰したり、さらに忠節忠孝の武士に対しても科もないのに頭を上げさせぬようになされました。

われらが信虎様追放を決意し若君にお味方いたしましたのも、唯々若君の公正なお仕置と善政に期待したからにほかございません。いまその殿が終日遊び惚けてお家を顧みず、ひねもす詩に熱中されている。これが一国の主のなさる掟でございましょうや」と涙を流して諫言をした。

ここではじめて信玄は眼を覚まし、後悔して涙を流した。

信玄は信方を自室に招き入れると、自ら誓書を書いて信方に渡し、家臣の板垣信方に深々と頭を下げて、再びこのような愚かなことは行わないと誓ったのである。

あとで信方が信玄に語ったことは、もし信玄が立腹し成敗すると言ったなら、信方は戦で信玄の馬前で必ず討死すると返答するつもりだったと。

天文九年の正月十六日、板垣信方は調略で信州海尻の城を落城させて信玄に差し出した。信玄は小山田備中を城代として入れた。

同年三月、信州更科の村上義清方の将で埴科郡の清野はじめ四将が三千五百余の兵で甲州の小荒間に攻め入ってきて近郷を焼き払った。

信玄は里人に除雪をさせて兵を急がせ、旗本勢をもって夜襲を決行し敵を敗走させた。

天文十一年二月、信州の国持大名で大身の者、小笠原長時、諏訪頼重、村上義清、木曽福島の木曽義康の面々が談合の上、甲州を攻め取ることを申し合わせた。信玄が若輩と見てのことだ。

この報は素早く信玄に届いた。

武田家の重臣、板垣信方、飯富兵部、甘利備前、諸角豊後、原加賀守等は協議し対策を練った結果、駿河の今川義元に出馬を願うか、それとも一万の兵の加勢を求めるか、どちらかの方法で援けを得た上で、海野の城は引き揚げて小山田備中を呼び戻し、敵を甲州に引き入れて一戦すれば十中八九は勝利は疑いないと進言。さらに続けて、敵の諏訪衆、村上衆は恐らく二手に分かれて甲州口に進入すると考えられるので武州口へは典厩様（信繁）、若神子口へはお屋形様が出向いて待ち伏せの上でご一戦なされば勝利が得られるかと存じます、と言った。

これに応えて信玄は、

「今川の援助を請うことは罷《まか》りならぬ。父を追放するにあたり、義元公には並々ならぬご協力、ご援助を受けた恩義があるが、父の信虎は今まだ駿河にご在住で、われらが援助を受ければ、当然この先今川の旗下として従わねばならぬ。わが父信虎公は老巧な将であり、義元公には舅になる。その父を義元公はまさか旗本に付けることはあるまいと思うが、父子の顔合わせだけは避けたい」

と言った。

そのあとで以前から雇い入れていた信州人の素ッ波、忍びの者、七十人ほどの中から優れた者たち三十人を選び出し、妻子を人質に取ると甘利備前、飯富兵部、板垣信方にそれぞれ十人あて配備し敵の動向を探らせた。

彼らは立ち戻ると信玄に情報を伝えた。信玄は甲信の境、瀬沢に陣を移した。三日休息のあと信玄は直ちに侍大将、足軽大将に命じ八千の人数を二手に分け、一手は若神子口へ、一手は武川口へと配し、韮崎、武川口へ向かう軍勢には一人で三人分の糧食を持たせ夜半には早々と出発させた。味方の八千に対し敵は凡そ一万六千と約二倍の軍勢である。

敵の油断を衝いて戦を仕掛け、わずか三刻余の間に九度の合戦を敢行、信州勢を追い落とした。討ち取った敵の数、千六百二十一が首帳に記された。

この戦は信玄が二十二歳の時である。

同年の十月に、信濃佐久郡の相木市兵衛が人質を差し出し臣従した。


次に信玄の軍師、山本勘介晴幸について述べる。

勘介は三河国宝飯郡牛窪の人である。

仕官の望みがあったので、知人である今川の家臣の朝比奈兵衛を頼り、同人の斡旋で今川家に仕官しようとしたが、『甲陽軍鑑』の記述には、「勘介は隻眼で腕は数カ所の負傷のあとがあって不自由で、足も片足が曲がり貧相な醜男だった」と記述されている。

こんな男だったから優雅な京風が好みの義元は、いくら朝比奈兵衛が、「勘介は才智と軍略に秀れている」と推薦しても雇い入れる気がなかったようだ。

九年に余る永い歳月、食い扶持だけで留めて置いたのは、いつか何かの折に役に立つこともあろうと軽い気持ちで飼い殺しにしていたようだ。勘介自身も自分の身体の欠陥を自覚した上で、この待遇に甘んじていたと思われる。

天文十二年の正月、板垣は駿河に出向いた折、山本勘介の非凡さを知ると、勘介を甲府に招き信玄に引き合わせた。

信玄が勘介に色々と問い質したところ、勘介は「孫子の兵法」にも精通しており、治世、築城とあらゆる知識を備えていることに感嘆し、初めに約束した百貫文を倍増し二百貫文を与え雇い入れたのである。

勘介は不具の身であったが、鹿島塚原在の人、塚原卜伝の新当流を学びその使い手でもあったことは『甲陽軍鑑』にも記されている。

天文十三年、甲辰の二月、信玄は信州の諏訪に出陣、板垣信方は調略をもって武田軍を諏訪の城に引き入れ乗っ取り、城には信玄の弟典厩が入った。板垣の内応者が合図に従って城門を開いたのだ。

諏訪城主、諏訪頼重の妻は、信虎の娘で信玄の姉であるが信玄は中間頭、荻原弥右衛門に命じて頼重を斬った。

諏訪家は断絶した。

この頼重の娘が十四歳になっており美人であった。

信玄が側女に娶《めと》るといったが、部将等板垣はじめ飯富、甘利備前等が反対した。敵将の娘なので寝首を掻かれる恐れがあるからだ。

新参の勘介だけは、「頼重の息女を召し置かれたならば諏訪衆は喜び、御曹司が誕生すれば諏訪の家も成り立ちます。召し置かれるが宜しかろうか」と具申した。

この勘介の言葉を入れて信玄は頼重の娘を召した。

次の年、丙午年、四郎勝頼が誕生、頼重の頼を採り勝頼と名付けた。

天文十五年の小県の戸石合戦は信玄一代のうちにも数少ない負け戦で、横田備中、甘利備前を討死させたほどである。

新参の軍師、山本勘介の軍略が用いられた結果、村上義清軍をかろうじて追い崩し敗走させた合戦のことである。

上杉謙信（景虎）と信玄が宿敵となるに至った原因は、天文十六年八月六日に信玄が信州佐久郡の志賀の城を攻め落としたことによる。

志賀の城主、笠原新三郎は信玄の手によって討ち取られていた。

更科の村上義清は志賀城が落城の報せを聞き、わが郎党の笠原が討ち取られたのを知ると、武田と決着をつけると言った。

重臣らは武田の武略を知り尽くしているので自重するよう進言したが、義清は聞かない。

前に笠原が言った言葉を忘れた訳ではあるまい。武田方の真田弾正の謀略にかかり家中の士が大勢殺された。その方等この恨み忘れてはおるまいな、と。

一同これには応える者もなく、結局義清の言うがままに一戦することに決まってしまった。

義清はこの機会に真田弾正を自らの手で討つことを心に誓っていた。

義清には信玄のことを、三十にも満たない青二才めという侮りがあったことも慥《たし》かで、こうして義清は七千余の軍勢を率いて出陣し上田原に布陣した。

信玄も逗留地の小諸から上田原に兵を進めた。

八月二十四日辰の刻から合戦が始まる。

信玄も村上義清と真田弾正の経緯を知っていたので、この戦で弾正が先鋒を願っても許さず板垣信方を先鋒にした。

板垣隊の兵力は凡そ三千五百で、合戦が始まると村上軍は板垣隊に押しまくられて退いた。

指揮官の信方は弓矢の巧者ではあったが、この勝ち戦に驕《おご》り、敵が退き、あたりに敵の姿がなくなると、そこで討ち取った武者の首実検を始めたのだ。だがこの首実検が間違いのもとで信方の命取りになった。

村上方の軍勢が突如として現れ、その中の五、六人の者は合戦には眼もくれずに後備の床几に腰を下ろしていた信方を目がけて突き進み、一同で信方を押し包んで討ち取り、首を揚げてしまった。

板垣隊は総崩れとなり敗走した。

村上軍は、これに気をよくし前進した。

武田軍の備えは飯富兵部、小山田備中、信玄の弟の典厩の他には馬廻り衆の馬場民部（後の美濃守信房）、内藤修理らが数段に構え諸住豊後、真田弾正、浅利らが脇を護り魚鱗の形を採った。

この陣立てをしたのは無論のこと軍師の山本勘介である。

村上義清の軍は、よく戦った。

信玄の旗本衆の中にまで突入し激戦となったが、武田軍の脇備えが義清軍を押し包んで攻めたので、最後には武田軍が勝利した。

義清は戦の最中に落馬したが十四、五騎の側近と五十人ほどの雑兵に護られて落ち延びていった。

村上軍の討ち取られた者、その数二千九百十九人にのぼり、武田方の戦死者もまた板垣はじめ七百余人が討死した。

義清は深山に分け入って逃げ、後、越後に入り上杉謙信を頼った。

義清は所領の越後の一郡を割いて謙信に譲り、信玄に奪われた領地の回復を依頼した。

謙信は義清から信玄の戦略、戦術をこと細かに訊きただした上で、いずれは信玄が謙信の正面の敵になることを予測し義清の依頼を引き受けた。

この時謙信は、齢わずかに十八歳であった。しかし若くとも武略には長けていた。十四歳の時、既に二千の軍勢で六千の敵を討ち破っているからだ。それから四年の歳月がたち経験も豊富になっている。

天文十六年十月九日、上杉謙信は陣触れをして出陣、村上義清の旧地に差し掛かったが、旧村上の家臣の所領とあって、あえて焼かなかった。

信玄は謙信の出陣を知ると甲府を発ち、十二月の十六日には小諸に到着、十九日には既に海野戸で上杉軍と衝突、交戦し、戦は午の刻に始まり未の刻に終わった。

上杉軍の討死者が雑兵を含め二百六十三人、一方武田方の死者は百三十一人であった。

この戦は小手調べ程度の戦いで終わったのである。

兵力は武田方一万五千に対し上杉軍は七千余で戦っている。

信玄は用心深く謙信の出陣を知ると、三人の物見を出し、上杉軍の陣形を報告させている。

物見も雑兵でなく足軽大将の原美濃守、小幡山城、それに軍師の山本勘介までが加わり、三人の報告を受けた信玄は勘介と計り、備えを立て直し、中国の三国時代の蜀の宰相、諸葛孔明の戦術の陣形、「偃月」「雁行」を採用し軍を進め魚鱗の形で陣を布いた。

信玄は上杉との戦いに万全を期している。

最後の川中島の合戦で、両者が互いに五千以上の死者を出し致命的な打撃を受けたが、この川中島の合戦は信玄のちょっとした不注意で礼儀を欠いた行動が災いしているのだ。

この前年のことである。両者の間で和議をすすめることになり、川中島を挟んで両将が顔を合わせたときのこと、謙信は信玄に敬意を払い直ちに下馬をし床几に腰を下ろし、信玄の下馬を待ったが、信玄には下馬する意思が全くなかった。

謙信がいつまで待っても彼は下馬しなかったので、ついに謙信は堪忍袋の緒を切り、直ちに全軍に引き上げを命じ、越後に帰ってしまったのである。

このような経緯から最後の川中島の合戦は起こったのである。

羽柴秀吉と荒木村重

天正五年の初秋、播磨の国姫路から黒田勘兵衛好高が安土城を訪れ、信長に中国出兵を要請した。

信長は長浜城主羽柴秀吉を呼び寄せ、黒田勘兵衛を引き合わせたあと中国に出陣を命じた。

勘兵衛の案内で播磨に出兵した秀吉は、同国東八郡の守護である別所小三郎長治を説き伏せ臣従を誓わせ、同人ともども上京し信長に目見え本領安堵の朱印状を頂き帰国した。が、まもなくのこと、長治の叔父別所山城守賀相に唆《そそのか》されて信長に背き、安芸の毛利輝元に加担し三木城に立て籠ったのである。

同じ頃、秀吉の陣中には尼子の遺臣、山中鹿之助幸盛が、播磨・備前・美作の三国の国境にある旧尼子氏の城上月城の奪還を願って秀吉の援助を待っていた。

別所小三郎の三木城は、支城神吉、志方の城ともども秀吉および応援の荒木村重が包囲していたが、毛利輝元は上月城の落城を知ると、一族の吉川元春、小早川隆景および傘下の備前の宇喜多直家を伴い上月城を包囲した。秀吉は兵を割いて高倉山に布陣したが、能見川を隔ててのことで上月城の救援にはほど遠かった。

翌年の六月初め秀吉からの求援の要請を受けた信長は、織田軍の総力を挙げての出陣で、嫡男信忠をはじめ信雄、信孝に続き美・濃・勢三カ国の兵力が播磨入りしたが、上月城の求援には間に合わず城は落城し、山中鹿之助は捕縛され、毛利の本国・安芸の吉田に護送の途中で斬られた。

三木城に向かった織田軍は支城の神吉、志方の城ともども包囲、七月中旬になって神吉城の攻撃が始まり、中の丸の神吉民部を滝川一益、丹羽長秀の軍兵が討ち取った。

四の丸の神吉藤太夫は荒木村重に降伏を申し出たので、村重は藤太夫を助命し追放した。村重はここで播磨での援助の約目が終わり、大坂の石山本願寺の包囲に参加することになったのである。

村重が石山本願寺の包囲に参加してまもなくのこと、村重が毛利に寝返ったとの噂が織田軍の諸将の間で拡がった。原因は些細なことで、輩下の者の中で小遣い稼ぎのつもりで城内の知人に米を売った者がいたのだ。この噂が信長の耳にも入ったが信長はこの噂を信じなかった。「奴が儂を裏切るはずがない」と。

信長が破竹の勢いで京に上った頃のこと、羽柴秀吉は伊丹城（花熊城）に行き、当時三好長慶の家臣であった村重に利害を説いて信長に臣従することを勧めた。

秀吉が村重を伴い、信長に目通りしたときのことである。信長は村重の前に出されていた茶菓子の餅を見ると、脇差しを抜き餅を刺して村重の前に突き出した。村重はそれを見て微笑みながら膝行すると、その餅を口で受けて食した。これは信長に対し、「某《それがし》を生かすも殺すもお心のまま」という態度を示したことになる。以来信長は村重がすっかり気に入った。

そんな村重が儂に背くはずがないと、信長は姫路から秀吉を呼び寄せ村重の説得を命じた。

秀吉は使者として有岡城に入った。

両人が顔を合わせたとき、村重は親密な仲の秀吉のこと、つい心を許し内輪の秘密までペロリとしゃべったのだ。

「儂の家臣で、お主はいずれ敵になる人物だから、今城内に在るのは幸いで、この場で討ち取ってしまえと言う者がいる」と。秀吉は一瞬驚いたが、何喰わぬ顔で村重に、「そ奴なかなか気骨のある者。顔が見たいので呼んでくれぬか」と言い、村重はその男河原林越後守治冬を呼んだ。

秀吉はその男の顔を覚えたあと、腰の脇差しを抜き取り河原林に与えた。

河原林が帰ったあと、村重は秀吉の丸腰を見て、自分の脇差しを抜くと秀吉に「丸腰では格好がつかんであろうからこれを持っていかれよ」と言って差し出したが、秀吉は「儂は刀一振りで主君信長に仕えてはおらぬから」と言って辞退した。

村重は出仕を約束したので、秀吉は信長に、「村重は出仕します」と報告した。だが村重はいつまで待っても一向に出仕してはこなかった。村重自身は出仕するつもりでいたのだが、家臣たちが「今出仕すれば必ず殺されますから止めなされ」と引き止めたのである。こんなことで村重はついに出仕しなかった。

痺れを切らした信長は花熊城を包囲したが、村重はある雨の夜に城を脱出し、安芸の毛利を頼り落ち延びていった。後日城は落城し村重の妻子等はすべて斬られた。

時代は移り変わり、秀吉が天下人となり大坂城に君臨した頃のこと、秀吉はかつての友、村重を招いた。

村重は茶の湯の宗匠・千利休の弟子となり、のち利休七哲の茶人の一人に選ばれ、後世にその名を残した。一方の秀吉は村重の旧臣河原林越後守を探し出して、これを斬り、天下人になった驕《おご》りから贅《ぜい》をつくした金の茶室を造り、利休の茶の湯の神髄、質素を本質とする侘びの心が理解できず、ついに利休に切腹を命じて殺してしまったのである。

柴田勝家と羽柴秀吉

柴田勝家は通称を権六といい勝家を名乗る。

尾張国、愛知郡下社の出自である。

祖は義勝といい、越後の柴田に住し、柴田姓を名乗ったのが始まりである。

勝家は若年の頃から尾張の織田備後守に仕えた。備後守信秀は永禄十八年三月三日に疫病で急死した。齢四十二歳であった。

勝家は備後守の死により信長の弟勘十郎信行に仕えることになり、信秀の葬儀では奉行を務め一寺を建立した。

その後のこと、信長の家老でもある林佐渡守および弟の林美作、柴田権六が勘十郎信行を守りたて、当主に仕立てて信長に叛《そむ》いた。信長の蔵入りの知行地、篠木三郷の地を押領し稲を刈り取り、川際には砦まで築いた。これに対し信長も名塚に砦を築き佐久間大学を入れた。

弘治二年八月二十三日は雨が降り、小田井川が増水、翌二十四日に入って信長は清須を出陣した。人数は七百人あまりである。

小田井川の増水で油断していた柴田勝家の隊に信長は襲いかかった。信長と槍を合わせた勝家は主君に刃向かう後ろめたさから守りに入るが、信長の槍先で太股をしたたか突かれて負傷し退いた。

信長が大音声をあげて怒ったところ、信行に加担した者どもは恐れて皆逃げ散ってしまった。

末盛城の信長の母は、清須の奉行村井長門、島田所之助の両人を通じ信長に詫びを入れ、勘十郎信行、柴田権六、都築蔵人の三名は黒染の衣姿で清須に出向き信長に謝罪した。

信行が二度目に信長に背き陰謀を企んだ時、勝家はこれに加担せず、密かに清須に行き信長に告げた。

信長は病を口実に信行を誘い寄せ、清須城の廊下で家臣に命じ刺殺させた。

勝家はこの時以来信長に従い、戦のたびに手柄をたて頭角を表し、ついには織田家筆頭の家臣になった。何時の戦でも先鋒は必ず勝家であった。

永禄十二年のこと、勝家は近江の長光寺城を守っていた。近江の佐々木義賢（承禎）が長光寺城を囲んだ。佐々木は城に総攻撃をかけ、ついに総構えを打ち破った。勝家はやむなく本丸に退いた。

佐々木の陣中に村人が訪れ、「この城は水を遠くの川から運び利用しているのでこれを断ち切れば城は保つことが出来ないと思います」と告げたので、佐々木は村人に恩賞を与え、早速水の手を断ち切った。

城中は水に苦しんだ。頃合いを見計らい佐々木は平井甚介を使者に和議を申し入れに来た。平井は勝家に対面すると、手を洗いたいと言って水を乞うた。小姓が二人がかりで瓶を運び平井の前に置いた。平井は手を洗った。小姓は残った水を庭に捨てた。平井が帰り報告したところ、水は不足しているはずだがと、皆不思議がった。

勝家は、敵は既に城内の水不足を察知しているので討って出ることを決意し、最後の酒宴を開いたあと、残った水を集め諸士に与えたのち勝家は槍の石づきで瓶をすべて打ち砕き、夜明けとともに門を開き討って出た。油断していた佐々木軍は八百余の討死者を出した。勝家は岐阜の信長に首を披露した。信長は勝家を賞した。

勝家は引き続き長光寺城に留まり、人々は瓶割り柴田と言って功績を称えた。

天正五年八月八日、信長は越前の一向衆徒の一揆攻めを開始し、破竹の勢いで各地を打ち破り下間《しもつま》筑後、下間和泉、専修寺等が山林に隠れていたところを引き出して斬首。こうして越前は平定され、勝家はこの功績によって越前八郡が与えられた。

この越前攻めのはじめ、羽柴秀吉と勝家の間で作戦のことから意見の衝突があり、秀吉は信長に無断で長浜に帰ってしまった。信長は激怒し秀吉は謹慎させられたが、しばらく後のこと、播磨から黒田勘兵衛が信長を訪れ、中国地方の平定をすすめた。

信長は秀吉の謹慎を解き播磨出陣を命じた。秀吉は天正五年の暮れ、五千の兵とともに黒田勘兵衛を案内役とし播磨入りをした。

秀吉の働きは目ざましく本能寺の変の頃には播磨、但馬、因幡、美作等、数カ国を領有するまでの大身に成長していた。

天正九年八月、信長は能登四郡を前田又左衛門利家に与えた。

翌天正十年三月末、信長は甲州の武田勝頼を天目山で敗死させた後、知行割を行った。


駿河国一国・徳川家康、甲斐国一国・河尻与兵衛（秀隆）、上野国一国・滝川左近（一益）、信濃国、高井郡、水内、更科、はしな四郡は森勝蔵（長一、長可）に川中島在城のこと。

木曽谷二郡は木曽の本地とし、渥美、つかま二郡は木曽新地とす。

伊那郡・毛利河内、小県、佐久の二郡・滝川左近（一益）、岩村・団平八、兼山よだな島・森蘭丸　以上

本能寺の変の約五カ月前に信長は、このように知行割りを行っていた。

本能寺の変で羽柴秀吉は一万五千の兵を率い山崎の合戦に臨み、先鋒、高山右近、中川清秀の協力で光秀を敗死させた。四国攻めのため大阪にいた織田信孝、丹羽長秀の七千ほどの兵も当然秀吉の軍に加わり明智と戦った。兵力の差はどうにもならず、明智の敗北は戦う前から予想されていたことだ。明智は戦う前、娘お玉の婿細川藤孝の息子、与一郎を招いたが、細川親子は髻を切り信長の喪に服し、光秀の誘いには応じなかった。筒井順慶もまたしかり。この時の光秀の兵力は一万三百で秀吉に対抗できる数ではなかった。

光秀は一敗地にまみれ、近江、坂本に敗走の途中、小栗栖の地で土民の竹槍で脇腹を刺され命を落とした。

光秀は織田家三本柱の一人で一万人以上の兵が動員できる人物である。今一人の大身は越前の柴田勝家で、越前と加賀の二カ国を合わせ一万五千の兵が動員できる。秀吉を加えた以上の三人が織田家の中心となる人物である。

山崎合戦後、秀吉は信長の葬儀を行った。十月十五日、信長の棺は金襴で包まれ、棺の中には香木の像が納められて連台野の斎場の中には火葬場まで作られてあった。大徳寺から斎場まで十町あまりの町の両側に警護の軍勢一万余が居並ぶ中を棺は進み、前輿を池田古新（後の三左衛門輝政）が担ぎ、後をお次丸（羽柴秀勝、信長の四男、秀吉の養子）が担いだ。

信長の位牌は八男の長丸が持ち、太刀は秀吉が捧げ持った。

洛中の人々には秀吉が信長の後継者として印象づけられたようである。

泉州堺を見物中の徳川家康は急遽三河に帰り、織田家の家臣が甲斐、信濃から本国に引き揚げたあと、蜂起した地侍を退治しあるいは吸収し、甲・信を平定して駿遠三甲信の五カ国の太守になった。

本能寺の変の折には、柴田勝家も出陣したが、柳ケ瀬まで来たとき羽柴秀吉、織田信孝から、光秀は既に討ち滅ぼしたとのことを聞き空しく引き揚げた。

二条御所で討死した織田信忠の側近の前田玄以は信忠の遺志を受け遺児の三法師（秀信）を岐阜から清須に移した。諸将もまた清須に集まった。

集まった人々は羽柴秀吉、柴田勝家、丹羽長秀、池田勝三郎の四名である。信長の遺領の配分を協議した結果、次のように決定した。

織田信雄・尾州一国、同信孝・濃州一国、羽柴秀吉・丹波一国、柴田勝家・長浜六万石、池田勝三郎父子・大垣、尼崎、兵庫のうちで十二万石、丹羽長秀・若狭一国および江州のうち高島、志賀二郡、滝川一益・五万石加増を決めた。

信長の跡目を選ぶのに秀吉は信忠の遺児でまだ幼い三法師を選び、柴田勝家は信長の三男信孝を押した。丹羽長秀、池田勝三郎は秀吉の選んだ三法師は筋目からいっても当然後を継ぐ人と言って秀吉側に加わったので、結果は秀吉の言い分が通った。

深夜に、丹羽長秀が秀吉の宿舎を訪れ、勝家が織田信孝と計り、今ならば秀吉を討つことができるので夜明けとともに秀吉の宿舎を襲うことが謀議されたと知らせてきた。秀吉は長秀の厚意に涙を流して感謝し、わずかな側近を従えただけで直ちに近江に向かい虎口を脱したのである。

勝家から見れば、その昔、秀吉がまだ信長の草履を掴み、馬で駆ける信長の後ろから、裾を端折って裸足で埃にまみれて駆ける秀吉の姿を覚えている。勝家とは身分が違った。その秀吉が今では自分の前に立ちはだかっている。自分以上に領地を拡げ名声を得ている。目の上の瘤のようなもので目障りで、今のうちに除かなければ先々の災いになるとの思いがあった。しかし機を逸してしまった。

雪の季節に入り兵は動かせない。このため勝家は秀吉と偽りの和を計り、春を待つことにした。信長の時代に越前衆として勝家に付けられた傘下の将、前田利家、金森長近、不破彦三の三人を和議の使者にして秀吉のもとに派遣した。秀吉もこの和議が偽りの和議と承知しながら勝家の申し入れを受け入れ、書状に署名した。

長浜の城主で勝家の甥である勝豊は病中であったが、和議のために使者の三人とともに秀吉の宝寺城に同行しいろいろと骨を折ったが、病弱であったがため間もなく死んだ。

勝豊の死により、長浜城は秀吉の手中に入った。

勝家は雪解けが待ちきれず、二月七日になって近江に出撃し、木ノ本付近を放火した。

秀吉は伊勢にいたが、翌八日近江に入り、夕刻には長浜に到着、翌日の早朝には賤ヶ岳に兵を進め周辺一帯に十三段に備え立てした。

舎弟の小一郎秀長の率いる兵一万を田上山に、傘下の武将らを周辺一帯の山の峰々に配置し柴田に備えた。

傘下の武将達とは堀久太郎（秀政）、山内猪右衛門（一豊）、丹羽五郎左衛門（長秀）、中川瀬兵衛（清秀）、高山右近（重友）、筒井順慶、細川越中守（忠興）等であったが、細川は海上に備えるべく丹後に帰り、国中から船を集め越北の海上を遮断した。

秀吉は本陣を木ノ本に置いていた。

一方、勝家の本陣は中尾山から狐塚に移し、堀久太郎の陣に向かい合って据えられていた。兵力は凡《およ》そ七千ほどである。

勝家の要請を受けて出陣した北国衆は、徳山五兵衛、不破彦三、原彦次郎、前田利家親子である。

利家親子は勝家の要請を受け茂山に陣を据えた。

利家は、秀吉とは清須時代に互いに貧乏であったが家族ぐるみの付き合いで助け合った仲であるが、本能寺の変の後、利家の領国能登で地侍が各地で蜂起し鎮圧に手こずり手が付けられぬ状態になったとき、利家は勝家に援けを求めた。勝家は直ちに佐久間玄蕃を派遣して一揆を鎮圧した。こうした過去があり、利家には勝家に協力せねばならぬ義理があった。

天正十一年四月十七日、羽柴秀吉は木ノ本から兵を率い岐阜に向かった。織田信孝を攻めるためである。

この頃は、雨降りつづきで合渡川の増水により、羽柴軍の兵馬は川を渉ることができず、水が引くのを待っていた。

長浜城主・柴田勝豊の旧臣である山路将監は羽柴軍に加えられていたが、秀吉が岐阜攻めのため木ノ本を留守にしていることをよい折りととらえ、佐久間玄蕃に、自分が道案内するから手薄な大岩山の中川瀬兵衛を攻めることを進言した。

玄蕃は勝家に要請したが、勝家は承知しなかった。敵の懐深く進入することは危険が大きいからだ。だが玄蕃はあきらめずに再三願った。勝家も根負けし、やっと承諾したが条件があった。相手を討ち取ったら速やかに引き返すことである。

こうしたやりとりのあと、玄蕃は八千の軍勢を率い中入りをし、中川清兵衛を討ち取ったが、そのまま勝家の指示を無視し、兵馬を休めると言って居付いてしまった。

一方、合渡川にいた秀吉は、報せを受けると一騎駆けで木ノ本に引き返した。三十六町あまりを二時間半で引き返したのだ。途次各村々には自ら大声で、自分は今から柴田勝家を退治に向かうと言い、村人に対し、「家一軒ごとに米一升ずつ炊き出し、握り飯にし、湯茶ともども軒下に戸板を出し並べ置け。さらに馬糧・馬の水も用意し、後から来る軍勢の兵馬にこれを提供せよ、かかった費《つい》えは後日十倍にして返してつかわす」と命じた。これを聞いた村々の人々は総出で兵馬を供応した。

秀吉は駆け戻ると賤ヶ岳の陣中に引き返し、物見櫓《やぐら》に登り、佐久間玄蕃が居付いていることを知ると、「青二才め居付きおるわ」と言って喜んだ。

木ノ本には一万五千の兵が次々に到着する。秀吉はこれらの将兵の腹ごしらえと休息を済ますと、佐久間玄蕃の追撃に取り掛かった。

一方、夜に入ってから佐久間玄蕃の一部の兵が騒ぎ始めた。秀吉の本陣木ノ本一帯が篝火で火の海になっている。岐阜攻めに行き、このように素早く引き返せるはずもないのに、秀吉はすでに木ノ本に引き返してきている、と。

玄蕃もこれを知ると愕然とし、全軍に引き揚げを命じた。夜中の引き揚げである。いくら月明かりがあるとはいえ、八千の軍馬の引き揚げは混乱した。

羽柴軍は玄蕃の追撃にかかり、夜明けとともに背後から一斉に襲いかかった。数の差ばかりでなく背後から襲われては防戦のしようもない。佐久間軍は総崩れになり四散した。

一方、狐塚の本陣にいた勝家軍の将兵も近づく喚声で玄蕃の敗北を知り、堅固な備えの陣も将兵の逃亡が始まり、備えも崩れ数も半減した。

勝家は自ら敗北を認め、わが身の始末をするため北の庄に引き返すことにし、馬標を旗本の毛受勝介に託し、五百騎ほどの馬廻り衆を率い落ちていった。

これより少し前のこと、茂山に布陣していた前田利家父子も佐久間軍の敗戦を知り、素早く兵を引き府中に急ぎ帰った。

勝家は府中に到着すると利家の城に入り、食を乞い替え馬の用意を頼むと最後に、

「貴公は筑前とは若い頃からの親友であることはよく承知しておる。自分への義

理は今までの協力で済んでおり感謝しておる。以後貴方は自分の身の立つよう計られよ」と言って府中を後にした。

北の庄城に入り、その夜は別れの酒宴を開き、数少ない家臣のすべてに今日までの忠節を謝し、明日の最後の一戦に備えたのである。

天正十一年四月二十四日、羽柴軍は北の庄城を囲んだ。先鋒はやはり前田父子である。

城は次々に攻略され、勝家は本丸の最上階に移った。従う股肱《ここう》の臣は八十数名に減っていた。

天守に火をかけ勝家は自刃した。介錯は中村文荷斎がした。

これより少し前のこと、勝家はお市の方に幼い娘三人ともども城を出るよう要請したが、お市の方はこれを拒み、三人の娘は中村文荷斎に託して城から出し、自らは勝家に殉じて自刃し果てた。三人の娘とは、浅井長政の遺児で長女の茶々、次女の初、三女の江である。

中村文荷斎は、三人の娘を堀秀政の陣に託した後、城に戻り八十数名の家臣とともに勝家に殉じ、すべての者が自刃し果てた。

　辞世の句　　お市の方

さらぬだに打ぬるほども夏の夜の夢路をさそう郭公《ほととぎす》かな

　辞世の句　　勝家

夏の夜の夢路はかなき跡の名を雲井にあげよ山郭公《やまほととぎす》

竹中半兵衛

竹中半兵衛重治は美濃国の人である。

父は竹中重元といい稲葉山城の斎藤氏に仕え一万石の禄を食《は》み、不破郡菩提山周辺を支配地にしていた。

嫡男の半兵衛が父の跡を継いだのが永禄四年の頃で半兵衛が十八、九歳の頃である。

白皙でひ弱な風貌であったがために、本来の沈勇温毅の人柄で優れた才智の持ち主とは誰も気付く人はなかった。

見かけがうらなりのような人物なので、安東、氏家、不破等斎藤家の重臣たちは、いつも半兵衛を侮り軽蔑していた。

半兵衛はこの三人を斬ろうと考えた。

『武将感状記』には次の三氏の姓が記されているが、この安東が伊賀守であれば半兵衛の舅《しゅうと》に当たる人なので別人ということになるし、次の氏家も常陸介なれば、後半織田信長に従った人であるからやはり別人ということになるので、一族のうちで他の人物ということになる。

半兵衛は舎弟の久作に協力を要請し、策を授けた。

久作は主君龍興《たつおき》の側近であったので、龍興に城内に屋敷を賜りたいと願い出て、赦しを受けると城内に屋敷を建て、家臣二百人あまりを人足に変装させて城内に引き入れたのである。

重臣の三人が城中で会した時、半兵衛は武装させた家臣を引き連れ、三人の前に立ち、先ずその中の一人をいきなり斬り殺した。驚く二人も続けざまに討ち果した。

半兵衛は城主の龍興にも一時城を出るよう進言したので、龍興はやむなく城を出た。

こうして半兵衛は稲葉山城を乗っ取ったのである。

その頃、隣国の尾張の織田信長は、稲葉山城を攻略する足がかりとして既に墨俣《すのまた》に砦を築き、木下藤吉郎が守将として入っていた。

半兵衛が城を乗っ取ったことを耳にすると、信長は、稲葉山城は先代の斎藤道三から自分が譲り受けた城なので引き渡してもらいたい、と使者を送り要求したが、半兵衛はこの要求を体よく断った。半兵衛は元々龍興に叛《そむ》くつもりは毛頭無かったからだ。城はじきに龍興に返還し、自分は叛いた責任をとって菩提山の領地に蟄居《ちっきょ》してしまったのである。

信長は既に美濃攻めを開始しており、まず美濃三人衆の安東伊賀守、氏家常陸介、稲葉伊予守を味方に引き入れていた。

こうして稲葉山城は孤立してしまった。

木下藤吉郎が半兵衛の閑居を訪れたのが、この頃のことである。

籐吉郎は半兵衛に斎藤龍興は既に命運が尽きていると告げ、信長に仕え我が身の安泰を計られよと説得した。半兵衛は籐吉郎の説得を受け入れ、信長に従うことを了承したのである。

藤吉郎は半兵衛兄弟を伴い信長のもとに伺候し、兄弟は信長に臣礼を誓った。

半兵衛は木下藤吉郎所属を赦され、弟の久作は信長の旗本の一人に加えられた。

元亀元年六月二十八日、姉川で合戦があり織田・徳川の連合軍は、浅井・朝倉の連合軍を打ち破り戦に勝利した。

半兵衛の弟久作はこの戦で浅井の豪傑遠藤喜右衛門を討ち取り名を挙げた。

敵が敗走したのを織田軍は大谷まで追撃し千五百余を討ち取り、勢いのついた織田軍はさらに浅井の支城横山城を包囲、雲霞《うんか》のような織田軍に城主は戦う威も失せて城を明け渡し退散した。

信長は横山城に羽柴秀吉を守将として入れた。

元亀二年五月、浅井軍が五千ほどの兵力を率い城を出て箕浦方面の堀秀政および樋口が護る城の近辺に出て来て所々を放火した。

このことを知った羽柴は、城には大半の人数を残し、自分は僅か百騎ほどの兵を従えただけで城を出て、敵に発見されにくい山陰を回り箕浦に到着。堀、樋口の勢力と一手になったが、総勢はわずかに五、六百ばかり。半兵衛はこの人数を二手に分け、一手は山陰に隠れ一手は敵が攻めにくい節所に陣を据えた。半兵衛はこの山陰の一手に策を授けた。

敵は節所の隊に攻撃を仕掛けてきた。鉄砲を撃ちかけ撃ちかけして近づいてきた。半兵衛はそれでも命は下さなかった。敵が至近距離に迫ったとき、はじめて命を下し一斉射撃をしたので敵はバタバタと倒れて混乱した。山陰に隠れていた一隊が背後を襲い敵は混乱した。節所の隊も浅井勢に突入したので敵は護ることができず敗走したのである。

元亀四年八月上旬、信長は浅井、朝倉を亡ぼすべく出陣した。虎御前山に嫡男の信忠を置いて浅井に備え、自らは柴田勝家、羽柴秀吉等の諸将を率い、朝倉攻めのため先頭に立ち、国境を守る越前衆を攻撃した。後に続いた各将は機嫌の悪い信長を見て奮い立ち、各々《おのおの》がそれぞれに競い合って越前深く攻め入った。

朝倉義景は一乗谷の館を捨てて山の奥へ奥へと逃げていったが、一族の朝倉景鏡に発見され、無理やりに切腹させられた。景鏡はその首を信長のもとに持参し、自らの助命を願い臣従を誓ったのである。

同月下旬のこと、浅井攻めには織田軍の大半が参加し城を包囲した。羽柴秀吉は竹中半兵衛の進言を入れ、浅井下野守久政、備前守長政の館の中間にあたる手薄の京極つぶらを総力を挙げて打ち破り、久政の館に突入したので、久政は切腹し果てた。羽柴秀吉はその首を虎御前山に本陣を据えた信長に披露したのである。

翌日、信長は自ら京極つぶらから浅井備前守の館に攻め入った。備前守も父に続いて切腹し果てた。

信長は浅井父子の首を京都で獄門にかけた。

信長は、この浅井攻めに一番功績のあった羽柴秀吉を賞し、朱印状を以って浅井の跡式のすべてを与えたのだ。

石高はおよそ二十万石、羽柴秀吉は今浜の地に城を築き長浜城と名付けた。

長浜時代が半兵衛の逸話が一番多い。秀吉の軍奉行の職に就いており、一見女性のような身体つきで、戦のときはいつも本綿の羽織を着用し馬の皮で仕立てた一の谷と名付けた甲冑を身に付け、静かに駒を進めるのが常であった。

半兵衛が軍中にある時には、士卒はみな戦う前から勝利を確信していたとのこと。

ある時、半兵衛が講義をしていた時のこと、吾が子で未だ幼かった左京が席を立ったので、半兵衛が「何処《どこ》へ行くか」と問うた。左京が「厠に行きます」と応えたところ半兵衛は怒り、「戦は国の大事である、その講義をしておるのに中座するとは何事か。いばりはここで垂れ流せ」と叱ったそうである。

またこのようなことも言っている。

人は誰でも自分には分に過ぎた馬を高価で買うものではない。戦に臨み、その馬に乗って能《よ》い敵を見かけて追いつめ、馬から飛び降りようと思ったとき、あるいは槍を合わさんとして馬から降りんと思ったとき、馬の口取りがいない場合にはこの馬は人のものになってしまうものだ。高く買ったがために再びこの馬は手に入らぬとの思いから後れをとることになり、名を失うこともあるのだ。十両の馬を買うより五両で二匹馬を買うがよい、と。

さらに続けて、「いくら高価な馬でも二匹分の用は出来ぬものだ」と言い、無駄な費《つい》えを窘《たしな》めている。

さらに、「馬に限らず身は義によって捨てるものであって、財宝は塵芥《ちりあくた》と思う心掛けが常に必要で、これが武士の本分である」と。

半兵衛が戦に向かうときの軍中でのこと、士卒が半兵衛の噂話をしていても馬上の半兵衛は聞こえぬふりをして、いつも知らん顔をしていたことから、〝知らぬ顔の半兵衛〟という言葉が生まれた。今の世でもこの言葉は使われている。

また戦場で羽柴軍の支隊長が布陣したのを見て回り、その支隊長に「貴方《あなた》の陣立てはいつも筑前殿が見事な布陣だと言って褒めておられる。なるほど見事な布陣でございますなあ」と言いつつ、半兵衛は自分の思い通りに、ここは少し手を加えればさらに好くなり申すと言って、すべてを思い通りに替えてしまうのである。支隊長は半兵衛の巧みな言葉と行動に苦笑するばかりで、反対する術がなかったとのことである。

天正五年の秋。

播州の小寺政職の臣、黒田勘兵衛好高が信長に目通りし、中国筋の現況を語り、信長に出馬を要請した。

これを受けて信長は中国出勢を決意し、羽柴筑前守を呼び、黒田勘兵衛を引き合わせた上で、中国への出陣を命じた。命を受けた筑前守は五千の兵を率いて出陣した。当然のこと半兵衛も軍奉行として同行している。

姫路に到着した筑前守は、地図を前に竹中半兵衛、黒田勘兵衛を交えた三者で軍議を開いた。

そしてまず東八郡の城主、三木城の別所小三郎長治および浦上遠江守等を説得し味方に引き入れることに成功。さらに若州の武田をも味方に引き入れたのである。

そこで筑前守は彼等三名を伴い上洛し、京の妙覚寺に滞在中の信長のもとに伺候した。

三名は信長に臣従を誓い、本領安堵の朱印状を頂き帰国した。

筑前守は但馬にも手を延ばし、山口岩渕の城を攻め落城させ、さらに小田垣に立て籠もる竹田に取りかけ、この城をも落城させた。城主は城を抜け出し逃げ去った。こうした筑前守の影には半兵衛の献策があったことを見逃すことは出来ない。筑前守は但馬の要所に城を築き、城代に舎弟の小一郎秀長を入れた。

この頃のこと、別所小三郎の伯父である別所山城守賀相が長治に、信長の心中は計り難い、いつかきっと災いがわが身に振りかかってくるのは必定、信長に従わぬ方がよい、と言って叛くことを焚きつけた。それで小三郎もついに伯父の言葉を受け入れ叛くことになったのである。

筑前守に従い参陣していた小三郎は、兵を引き三木城に引き揚げ立て籠もった。だが一族の別所孫右衛門重棟だけは小三郎に従わず、羽柴を信じ叛かなかった。

筑前守は三木城を包囲すると、城下を放火し城を裸城にし、一部の兵を残したあと長井四郎左衛門の構える城を三日三晩攻め立てたので、長井はついに降参し命乞いをした。筑前守は長井を赦したので、城主は城を開け渡し退散したのである。

その後のこと竹中、黒田の両者は、播磨、備前、美作の国境にある上月城を攻めることを進言、城を落城させると、援助を求め以前から羽柴の軍中にあった尼子の遺臣、山中鹿之介と亀井新十郎を入れた。

四月に入ると芸州の毛利輝元が一族の吉川元春、小早川隆景の両川および隷下の備前の宇喜多直家等が上月の城を包囲した。

羽柴筑前は応援の荒木村重と共に高倉山に陣を据えたが、谷を隔て川向こうの上月城を援《たす》ける手立てはなかった。

毛利、羽柴の両陣に動きはなかった。

五月下旬、竹中半兵衛は備前八幡山の城主が半兵衛の説得に応じたことを信長に報告したところ、信長は大変喜び羽柴筑前に黄金百枚、半兵衛には銀子百枚が下された。

三木城の攻囲が手薄なため筑前守は応援を信長に要請した。信長は一族の信忠、信雄、信孝をはじめ尾、濃、勢三カ国の人数を付けて三木城の支城、神吉、志方に向かわせた。

神吉の城を蟻の這《は》い出る隙間もないほどに包囲し、七月の中旬、各将は一斉に城内になだれ込み、神吉民部を討ち取ると、西の丸の神吉藤太夫を攻めて降参させた。城はそのまま羽柴筑前に引き渡された。

この頃、上月城ではすでに糧食が欠乏し落城は間近に迫っていた。羽柴筑前は城中の山中鹿之助に羽柴の陣中に脱出することを勧めたが、鹿之助は城と運命を共にすると言って亀井新十郎に伝え、新十郎は城を脱出、羽柴の陣中に入った。まもなく上月城は落城、鹿之助は毛利の本拠地吉田に護送の途中で斬られた。

天正七年六月の二十二日に竹中半兵衛は陣中で病死した。このことは直ちに信長に報告された。信長は葬儀にあたり名代として半兵衛の弟、久作を派遣した。

半兵衛が死の直前まで関わっていた宇喜多直家の毛利方からの寝返りは、同年の十月末なので半兵衛の死後四カ月が経過していたが苦労は実ったことになる。

別所長治の三木城が落城したのは天正八年正月十五日。半兵衛の死後およそ半年が経過した頃のこととなる。

築山殿事件

徳川家康の正室築山殿《つきやまどの》の事件は天正七年（一五七九）六月の初旬に起きている。本能寺の変で信長が憤死する僅か三年前の出来事である。

事件の発端は、築山殿が敵国である甲州に秘かに旅をするために、内々で旅仕度をしていることに不審をいだいた侍女の琴女が、築山殿の留守中に奥方の秘蔵する文箱を探し出し、その中に袱紗包があるのを見付け開いてみたところ、中から甲斐の武田勝頼の誓紙が出てきたのだ。驚きながらも読みすすむうちに、文中に、織田・徳川の両将を討ち亡ぼすという文言が眼に入ったので驚いて直ちに妹に告げた。

琴女の妹は、家康の嫡男信康の妻で織田信長の娘徳姫付きの侍女であったことから、当然のこととして徳姫に告げた。

徳姫もまた誓紙を一読すると書状を認め父の信長に告げた。

この頃の徳姫は築山殿の計らいから信康と不和になっており、そうした不満から次のような文言となって信長の手元に届いたのだ。

一、築山殿悪人にて三郎殿と我が身の仲を様々讒《ざん》し不和にし給《たも》う事。

一、我が身姫ばかり二人産みたるは何の用にかたたん、大将は男子こそ大事なれ、妾あまた召して男子を設け給えとて、築山殿のすすめにより、勝頼が家人日向大和守が娘を呼び出し、三郎殿妻とせられし候事。

一、築山殿甲斐唐人医師減敬と云う者と密会せられ剰《あまつさ》え、これを使とし、勝頼へ一味し、三郎殿に申しすすめ甲州へ一味せんとする事。

一、織田、徳川両将を亡ぼし三郎殿には父の所領の上に織田家所領の国を進ぜらせ、築山殿をば小山田と云う侍の妻とすべき約束の起証文を書いて築山殿に送る事。

一、三郎殿常々物荒き所行おわし、我が身召仕いの小侍従という女を我が身の前にて差し殺し、其《そ》の上女の口を引きさき給う事。

一、去る頃三郎殿踊りを好みて見給いける時、其の踊子の踊りざまあしきとて、踊子を弓にて射殺し給う事。

一、三郎殿鷹野に出給う折ふし、道にて法師を見給い、今日の得物のなきは此《こ》の法師に逢いたる故なりとて、彼の僧が首に縄を付け、力革とかやらんに結付け、馬を馳せてその法師を引殺し給う事。

一、勝頼の文の中にも、三郎殿いまだ一味せられたるとは候わず、何とても進め味方にすべしとの事に候へば、御油断ましまさば、末々御敵に組し候べきにやと存候故申上候事。

とある。

『改正三河後風土記』の記述に、「六月十六日家康から信長に馬が贈られることになり、使者として酒井左衛門尉《さえもんのじょう》が行くことになった」とある。

『信長公記』の記述にも、「七月十六日の項に、家康より酒井左衛門尉御使として御馬進めらる。奥平九八郎、酒井左衛門尉両人も御馬進上なり」とある。

信長は忠次を安土城の閑静な一室に招き入れたあと、次のように忠次に言った。信康は暴虐不仁の性格の人物と見受ける。凡《およ》そ不仁にして強暴なる者は国を治める器にあらずと決めつけ、このような人物が隣国の大敵に誘われ一味したならば禍《わざわい》を引き起こし由々しき大事になる。と言って嘆息したあと、残念だが止むを得ぬ、母子共々始末せねばならぬ、このことしかと徳川どのに伝えよと。

忠次は、承りました、と言上したあと帰途に就き、岡崎城には立ち寄らずに浜松に直行して家康にこの旨を伝えた。

寝耳に水とはこのことで仰天し、家康は暫《しばら》くは口が利けなかった。

家康の生涯の内で最大の危機であり、悲劇が始まったのだ。

家康は迷いに迷ったが終に八月一日、信長に仰せに随いますと申し送ったあと、三日には信康を岡崎から大浜（碧南市）に移し、十日には遠州の二股城に移し替えた。

家康は七日に岡崎城に入り、城代を本多作左衛門重次に申し付けている。

二股城の城主は大久保七郎右衛門忠世である。

信康の傅《ふ》であった平岩七之助親吉は信康が謀反したとのことを伝え聞いて、家康のもとに出向き、

これは誰かの陰謀による讒言《ざんげん》で信じ難い。織田様の命とあれば止むを得ませんが、信康様をお育てしたのはこの私なので、その不始末は私の責任であり、私の首を斬って織田様にお詫びし、信康様の助命を願ってほしい、と願い出たのである。

家康も言った。

信康が謀反したとは儂とて信じてはおらぬ。だが今の世は乱世、大国の中に差し挟まれたわが国が頼りにするお方は織田殿の援《たす》けのみ。今織田殿の援けを失ったならば、わが家国は三日の内に滅亡するであろう。父子の恩愛にひかされて累代の家国を亡ぼしては、子を愛することを知って、先祖の祭祀を絶やすことになる。儂は子の首を斬ってまでして、命を永らえようとは思わぬ。ましてや、お主の首を斬って信康の首を繋いだなら天下に我が恥を晒《さら》すだけである。信康は到底助からぬ、と言って家康は哭《な》いた。

親吉は言葉も無く、泣く泣く退出した。

家康は悩み抜いた。徒《いたず》らに日が経過するばかりで心は急《せ》いたが、信康の助かる思案は浮かばなかった。

九月も十五日に入り、やっと決心をし、信康に切腹を命じ、検使役として天方山城守通綱及び服部半蔵正成の両名を二股城に派遣した。

信康は両名に、謀反したとはとんだ濡れ衣で、自分は神に誓い父上には背いてはおらぬ、このこと必ず父上に伝えてくれと言った。

天方、服部の両名も、承りましたと言って哭いた。彼等もまた、信康の無実は承知しておりますと応えた。

信康は嬉しげに顔を綻《ほころ》ばせ、もはやこの世に思い残すことはないと言って、潔く腹を切り、半蔵に向かい、「馴染のある半蔵、介錯を頼む」と言った。

だが半蔵は主の信康に刃を向けることができず、うつ伏し涙に咽《むせ》んで手も出さなかったのである。

信康は苦しみ呻き声をあげている。傍の天方山城守が見兼ねて、手間取っては信康様の苦痛が長引くばかりとて、「御免を蒙《こうむ》り某が介錯仕ります」と申し上げて介錯を勤めた。

信康の遺体は二股城の山続きの小松林の中にある一室で荼毘《だび》に付され、御葬送を手厚く営んだ。諡《おくりな》は「騰雲院殿岩善通大居士」と申し上げる。

八月十九日に入ると、家康は野中三五郎重政を呼び築山殿の始末を命じた。

野中三五郎に従う者は、白岩、奥山、中根の三名であった。

野中は主君の奥方を討つための護送である。岡崎を出発し、道中討つ機会はあったが躊躇し、機会を逸して終に遠州の小藪村まで来てしまった。

浜松は間近である。やっと決心し、この地で築山殿を斬ったのである。

野中も役目とはいえ辛かったであろう。

御遺体は浜松の西来寺に葬られた。諡は「西光院殿政岩秀貞大姉」と申し上げる。

野中三五郎が築山殿の始末を報告した時、家康は野中に向かって、「女子の身、尼にして秘かに山深い何処かに落ちのびさせ、蟄居《ちっきょ》させれば済むものを心幼くも斬ってしまったのか」と言ったので、野中は自分の行為を辱《は》じ遠州の堀江村に蟄居してしまった。

家康は悲しみのうちに贖罪の気持ちもあったと思うが、一室に閉じ籠り「般若心経」の写経に専念し誰とも会わなかった。


年を経てのこと、或る時「幸若舞」が演じられた。舞の中で、郎党の仲光は満仲の子美女丸を討てと命ぜられるが、仲光は主君の子を討つことができず、我が子が美女丸と同年であったことから、我が子の首を討って差し出した。この古事の舞を見ながら家康は涙を流し、大久保七郎右衛門と天方山城守に、「この舞をよく見よ」と言った。

二股城主の大久保七郎右衛門を家康が詰《なじ》ったのは、家康が信康を二股城に移したのには家康の儚《はかな》い願いがあったからである。二股の地は敵国甲斐の武田領に最も近く関東の北條にも近い、七郎右衛門が家康の心中を察し、部下に命じて信康を連れ出し逃亡させてくれることを願ったのである。

だが七郎右衛門は家康の心のうちを察することができずに信康を罪人として扱った。家康は日数の切迫に抗しきれず、信康の切腹を命ずる破目に至ったのだ。天方山城守の場合は、理由はともあれ、主の首に刃を当てたことを責めているのだ。

後日、家康が服部半蔵に向かって、鬼と言われた半蔵でも主の首は討てなかったと見えると言った言葉を後日伝え聞いた天方は、自らを恥じて高野山に登り数年を経てから家康の次子結城秀康に仕えている。

築山殿は駿、遠、三の支配者今川治部大輔義元の妹の娘であるから義元の姪に当たる。家康は幼い頃は今川の人質になっており、成長し義元の計らいで元服した。元服の身の回りの世話をしたのが、義元の妹聟関口刑部親永である。義元はこの刑部の娘、築山殿を家康に娶《め》合わせた。

この頃の夫妻は仲睦まじかった、嫡男信康が生まれ次に亀姫も生まれた。

夫婦の間に亀裂ができる前触れは、今川義元が桶狭間の合戦で敗死したことだ。

家康はこの機を逃さず独立し岡崎城に入った。そのあとのこと、尾張の織田信長の家臣で家康の伯父、刈谷の城主水野金吾信元の仲介で信長と同盟を結び、今川氏真とは手切れになった。

永禄五年（一五六二）三月、家康は今川の臣鵜殿長持を西郡上郷の城に攻め、落城させ長持の子、長照、長忠を生捕った。

氏真は西郡の城を家康が落城させたことに怒り家康の妻子を斬ろうとしたが、一族であることから躊躇し日を送っていた。この成り行きを見て家康の家臣、石川数正が、人質の交換を家康に進言した。家臣は早速今川氏真に申し入れ、氏真もこれを受け入れた。人質は交換され、家康の妻子は無事岡崎に迎えられたのである。

家康夫妻の仲がおかしくなったのは、天正元年夏のことだ。

築山殿は侍女のお万が妊娠していることを知ると、お万の方を責めて白状させ、家康の子を宿したことを知って逆上、家臣の前もはばからず家康を罵り責めたようだ。

嫉妬心は誰にでもあるもの。鎌倉期のことだが『吾妻鏡』養和二（一一八二）年の八月十二日の項に、御台所（北條政子）男子御出産とあり、頼家の誕生が記述されている。十一日入のことで政子は父時政の後妻牧の方から夫の頼朝がお亀の方を囲っていることを聞かされた。場所は伏見冠者広綱の飯島の家だという。政子は腹を立て腹心の牧三郎宗親に命じ広綱の屋敷を破却させた。このことを頼朝が知り怒って牧三郎の髻《まげ》を切ったとある。嫉妬は誰にもあることで築山殿を責めるのは酷であろう。

浜松城が築城されたのが元亀元年（一五七〇）の正月である。家康はこの正月から浜松城に居住し、築山殿との別居生活が始まった。

事件が発覚したのが天正七年（一五七九）だから別居生活は十年余りになる。

築山殿は事件が発覚する前、家康に次のような書状を書き送っている。

我が身こそ実の妻にて御家督三郎のためにも母なれば、あながちに御賞翫あるべきことなり。

其の上、我が父刑部殿は、御身故に失わせ参らせたり、其の娘なれば、かたがた人にこえて御憐みあらんと兼ねては思い侍《はべ》るに、思いの外引かえて、かくすさめられ参らせせず、郭公の一声に明け易き夏の短夜だに、秋の八千代とあかしわび、片敷袖のうたた寝に夢見るほども、まどろまねば、床は涙の海となり唐船をも寄せぬ可《べ》し。

今こそ、つらくあたらせ給《たま》うとも一年悪鬼となりやがて思いしらせまいらすべし。

家康はこの築山殿の書状を見て、どのように思ったであろう。

築山殿にすれば全く記述の通りで、父も今川に反いたことで切腹させられている。書状の終わりの「やがて思いしらせ参らすべし」とは、武田軍の力を借りて家康を捕縛し、自分の膝下に跪《ひざまず》かせることを意味しているようだ。

築山殿は戦国期の女性に似合わず気性の激しい方であったようだ。

余談だが、ここに一つの例を挙げてみよう。

中国でのこと、後漢の祖劉秀が帝の地位に就いて間もない頃のことで、或る時帝が夫に死別した姉の湖陽公主が、大司空の地位にある宋弘に想いを寄せていることを知り、何とか想いを叶えさせたいと考え、公主を襖《ふすま》の後ろに隠し置いてから宋弘を呼び出すと帝は言った。「諺に、富みては交わりを替え、貴くしては妻を替うと言うが、それが人情というものであろう」と言ったところ、宋弘は劉秀の胸中を察して、「私は、貧銭の交わり忘れる可からず、糟糠の妻は堂より下さず、というのが人情というものと理解しております」と応えた。帝は宋弘の退出したあと公主を振り返り言った。諦めなされ、と。

家康に、この宋弘のような心づかいがあったなら、事件は起きなかったのではあるまいか。

築山殿は永い間の孤閨に体調を崩しており、医師の診察を求めるようになった。甲州出の唐人医師源敬が招かれて主治医になった。源敬は隠れ忍びだったと思われる。何故なら、信康の妾に斡旋した人物が武田家の著名な武将日向大和守の娘だったことで理解ができようではないか。

源敬は永い治療の間に築山殿の家康に対する不満を知ると、家康に背かせ終には勝頼との密約を交わすまでに導いたと考えられる。

築山殿は戦国の時代に翻弄された哀れな犠牲者ではなかろうか。

徳川家康の家臣

永禄八年の春のこと。

徳川家康がまだ三河時代の出来事である。

岡崎で政務訴訟裁断を交替で命ぜられた三人の奉行のことである。高力左近清長、本多作左衛門重次、天野三郎兵衛康景の三人をいう。

その頃、三河の衆俗の間で「仏高力、鬼作左、とちへんなしの天野三兵」と唄われていた。要約すると次のようだ。

「仏」高力は全くそのままの人物評で、仏のように優しく、なるべく罪人を作らず諭《さと》し改めさせる温情の人であったという。「鬼」作左は些細な罪人にも厳罰で臨み容赦しなかった人であり、越前の丸岡城に在城した時、留守家族に宛てて手紙を書き送っているが、その内容は「一筆啓上　火の用心　お仙（仙千代）泣かすな　馬肥やせ」とだけ書かれており、日本一の短い手紙を書いた人物として知られる。

羽柴秀吉が天下人になり、関東の北條に大坂出仕を再三命じたが出仕しなかったがため出陣をし、浜松城に入ったときの出来事である。秀吉が家康と語らっているところを、たまたま通りがかり二人を見かけた作左衛門が大きな声で家康に向かい、「殿よ、殿よ」と声をかけこう言ったのである。

「さてさて殿は珍しい馬鹿をなされてか、国持大名といわれるほどの人物が、吾が城の本丸を明けて、たとい一夜であろうと人に貸すということがあってなるものか。こんな分別では自分の女房をも人に貸すことになりかねぬではないか」と。

この作左の辛辣な言葉には家康も呆気にとられ、返す言葉もなかったそうである。

秀吉は、こんな作左衛門を嫌い、生涯目通りは許さなかった。

「とちへんなし」の天野三兵とは、天野三郎兵衛康景のことで、下総大須賀から一万石で駿河興国寺に移った人である。

駿府での出来事であるが、ある時、家康が竹を切らせて積んでおいたことがあった。ある晩のこと、地元の百姓がこの竹を盗みにきた。何本かを持ち逃げようとしたところを、見張りの夜まわりに見つかり、一刀のもとに斬り殺された。地元の百姓等が斬り殺したのは不当だと言って奉行所へ訴えたのである。奉行は天野康景に輩下の斬った者を引き渡せと要求した。しかし康景は竹を盗んだ百姓が悪いのであって吾が輩下の者に何の落ち度もない、と言って断ったところ奉行はこのことを家康に訴えた。家康は国主として治世のことを考慮し斬った者を奉行に引き渡すよう命じた。

天野康景は、任務を全うした輩下の者を奉行に引き渡すことができずに密かに逃亡させたのである。そのあと自らも主君の意向に逆らった罪を認め興国寺の領地を返納し何処かに姿を消した。天野は利害に関係なく筋を通す気骨の人であったようだ。

いま一人家康の家臣について述べる。

豊臣秀吉が天下人で君臨した頃のこと、大坂の城内で馬揃えをしたときの出来事である。秀吉が千貫櫓に登り馬揃えを見ていたとき、一人の武者で黒くて大きく逞《たくま》しい馬に乗り、手綱さばきも鮮やかに馬を操る武者が眼についたので、傍らの従者に「あれは何者か」と尋ねたところ、居合わせた家康が、あの者は吾が家臣で成瀬小吉と申すものですと応えた。秀吉が続けて、「禄高は」と問うと家康は、「二千石を与えております」と応えたところ、秀吉は、「あの者が儂に奉公しておったら五万石を与えておる」と言った。

その後家康が成瀬を呼び、

「太閤がその方に五万石を与えると言っておるが仕えたらどうか」

と言ったところ、成瀬は「情けないことを仰せあるな」と応じたが、家康は続けて、「お主が太閤に仕えてくれたら儂のためにもなるが、どうじゃ」

この言葉に小吉は涙を流しながら、「某《それがし》が禄を貪って主君を捨てる者と思し召されるか」と、「某只今この場で自害をし心の証にする」と言った。

家康はこのことを太閤にありのまま伝えたところ、秀吉は徳川殿はよい家臣を抱えておられると羨ましげに言ったとある。

この成瀬小吉とは、後々、尾張藩の付家老となり犬山三万石の城主となった成瀬隼人正《かみ》正成のことである。

安藤帯刀忠義厚きこと

家康が召し使った人が皆一万石賜った中に、安藤帯刀直次が一人だけ横須賀五千石であった。家康は皆には一万石ずつ与えたと思い込んでいたのだ。

十年が経過して成瀬隼人、安藤帯刀が家康の前に伺候した時のこと、家康が、「その方らには一万石宛与えたが、領地の仕置や法度はどのようにしておるか」と糺《ただ》したところ、帯刀は、「某《それがし》は五千石でございます」と応えたところ、家康は驚いて言った。

「儂は横須賀は一万石とばかり思い込んでおった。その方は隼人らとともに儂に仕え武功も同じようにたてておる。差別することもない。よくよく今日まで不満も言わず怨みもせず仕えてくれた。誠に篤厚の至りで忠義の誠」と言って、ここで十年間分の五千石宛を一度に下げ渡すからと、五万石を帯刀は一度に拝領したので、直次の家は豊かになったのである。

家康、秀吉と対面の時のこと

家康が秀吉に対面した時のこと。秀吉は名物で名高い名刀「栗田口吉光」の銘の入った物をはじめ、「天下の宝という物が手元に集まっておる」と言って、一つ一つ指を折って数えてから家康に、貴方はどんな宝を持っておられるかと尋ねた。家康は、「そのような名物、名器は何一つ持ってはおりませんが、儂を大切に思い、水火の中へ飛び入り命を塵か芥とも思わぬ士を五百騎ほど所持しております。この士どもを召し連れて行けば、日本六十余州に恐ろしい敵はおりません。この士どもを至極、宝物として平生から秘蔵しております」と応えたので、秀吉は赤面して何も言えなかったそうである。

池田輝政と長井直勝

小牧長久手の合戦は、天正十二年の三月初めに起こった。理由は次のとおりである。

織田信長の次男、信雄が家老である伊勢松島の城主・津田玄蕃允、尾張星崎の城主・岡田長門守および尾張苅安賀の城主・浅井田宮丸の三人に切腹を命じたことから始まった。切腹させた理由は、三人が天下人に近づいた大坂の羽柴秀吉に招かれ破格の待遇で歓待され帰国したことが、信雄の側近たちの眼には、大坂で秀吉に誑《たぶらか》されて殿を裏切ったのではあるまいかと受け取られたことにある。讒言《ざんげん》され、信雄はそれを信じて彼らに切腹を命じたのである。

この出来事で信雄は秀吉との手切れを予測し、池田勝入（勝三郎、恒興、信輝）、森武蔵守（長一、長可）および徳川家康に書簡を送り加勢を要請した。

秀吉も池田を味方にと考えたが、あっさり断られたので戦勝の暁には濃尾三の三カ国を与えるという誓紙を書き、欲の深い池田はこれに飛びついた。

本来なら池田は母が信長の乳人《めのと》であったことからみても主筋の信雄に味方するのが筋道というものだが、勝入は自分の娘聟《むこ》の森武蔵守まで己が陣営に引き入れ秀吉に加担したのである。

明智光秀との山崎の合戦、あるいは柴田勝家との賤ヶ岳の合戦で秀吉に従った堀久太郎（秀政）は今回もまた秀吉側に付いた。一方信雄の要請に応じた徳川家康は早々と兵を出し、信雄共々小牧山に陣を布いた。

秀吉は各武将を動員し十万におよぶ大軍で大坂から出陣、徳川・織田の連合軍の小牧山に備えて楽田に魚鱗形に布陣した。

第一陣の森武蔵は、秀吉の「戦はするな、ただ陣を守れ」という指示に背き、徳川方の奥平九八郎、岩崎城主の丹羽勘介、榊原小平太等の挑発を受けて戦い、敗れて犬山城に逃げ帰った。

犬山城は元々信長の四男・お坊丸こと織田勝長の持ち城であったが、早世したので信雄の持ち城になったものである。池田勝入はかつて城主だったこともあって勝手知ったる城のこと、近辺の住民の協力を得て簡単に攻略し城に入ったのである。

勝入は軍議の席で秀吉に、家康は全兵力を小牧山に投入しており、恐らく岡崎城は空であろうから、この城を落とせば我らの勝利は疑いない。是非とも、我らの岡崎城攻略を承諾してもらいたいと願ったが、秀吉は難色を示し、もし敵に察知されて追撃されたら袋の鼠になる危険が大きいので認められないと応じたが、勝入はこの作戦に固持し再三願ったので、根負けした秀吉は、もし危険が迫ったときは直ちに引き返すことを条件に承諾した。軍鑑として堀久太郎を参加させ、さらに秀吉の甥・三好秀次に一万の兵をつけて参加させ同行させることが条件で、勝入もこれを受け入れたのである。

翌早朝、堀秀政の隊が先鋒となり、森武蔵守、勝入の嫡男紀伊守（之助）と続いて弟の三左衛門（輝政）および勝入が後尾となり、三好秀次の隊は殿《しんがり》で出陣した。

一行は小牧山を避けて大きく迂回し、春日井を通過して長久手を越えて先へ進んだ。眼前に岩崎城が眼に入った。「こんな小城踏み潰せ」と言い、城攻めを始めたのである。

本来なら小城一つである。見過ごして目的地に急行するのが当然だが、勝入は城主の氏次が小牧に出陣中で後を若い弟がわずかな兵で守備している城に攻撃を仕掛け、落城させると討ち取った者の首実検を始めた。目的がある途中でこうして無駄な時を費やしたのである。

小牧山の家康は、勝入が岡崎に向かったと知ると、わずかな守備の兵だけを残し勝入の追撃にかかった。家康は三好の隊に追いつき、休息中であった三好の隊は背後から襲われて壊滅し、秀次は命からがら犬山に逃げ帰った。

秀次の敗戦の知らせを受けた勝入は、首実検を中止し直ちに引き返しにかかったが、長久手原まで来たとき、家康との一戦は避けられぬと覚悟し、長久手の小高い丘に布陣して徳川軍を待ち受けた。

聟の森武蔵守が先陣で、右翼に三左衛門（輝政）、左翼に勝九郎（之助）、殿《しんがり》は勝入で陣立てをした。

一方の堀久太郎は、長久手原の丘に布陣すると全兵士に敵の兜首一つ取った者には百石を与えると伝え、前列には鉄砲を配し徳川軍を待ち受けた。

徳川軍の先鋒の榊原小平太（康政）は備えのある堀隊に攻め入ったが、散々に打ち負かされて敗走し徳川の本隊に合流した。

森武蔵は戦が始まると真っ先に額を鉄砲で打ち抜かれて即死し、両軍は入り乱れての激戦となったが、兵力の差には勝てず勝入の嫡男勝九郎も討死、勝入も護衛の兵が付近にいなくなると徳川軍の若武者、長井伝八郎（直勝）が勝入に槍を付けた。老いても一廉《ひとかど》の武将である、長い闘いの末、伝八郎は勝入を討ち取り首を揚げた。

これを知った三左衛門は父と兄を討ち取られ、このまま引き下がることはできぬと言って徳川軍に立ち向かおうとしたが、馬の口取りが「当主と兄が討死した今、跡を継ぐ人は貴方しかいないのです」と言い、無理やりに馬を引き犬山に逃げ帰ったのである。

犬山の羽柴秀吉は、家康が小牧山を抜け出たことを知り追撃にかかったが、家康は長久手戦のあと小幡の城に入ってしまったので城攻めはあきらめ、信雄の出城を次々と落城させ、天下を目指していた羽柴は信雄に和議を提案した。負け続けの信雄は、これ幸いと和議を受け入れた。本来なら援軍を依頼した家康に相談するのが筋道だが、身勝手な信雄は何のためらいもなくこれを受け入れた。父信長の子に似合わず不肖の子と言わねばなるまい。

両者は矢田河原で対面、書類を交わして和議は成立した。

天下統一を目指していた羽柴秀吉は統一を果たすと、諸侯はすべて秀吉の膝下《しっか》に跪《ひざまず》いた。

家康は上洛しなかったが、秀吉は母、妹まで質子に出し上洛を促した。家康は重い腰を上げやっと上洛したのである。

秀吉は大坂城に君臨したが、生涯家康を客人として別格に扱った。

こんな頃のある日のこと、池田三左衛門と家康が同席したことがある。池田の父は長久手の合戦で徳川軍に討ち取られている。両者の間で気まずい空気が流れた。秀吉は池田勝入を討死させたのは自分のせいであったので、三左衛門には負い目があり、両者の仲を取り持とうと、妻に死別し鰥夫《やもめ》ぐらしをしていた三左衛門に、「家康は子福者で子女も多いと聞いているが、その中の一人を妻に迎える気はあるか」と問うたところ、三左衛門はすべて秀吉に一任しますと応えた。次に家康にその話をすると家康もこれを承諾したので、両者は聟舅の仲になったのである。

時代が移り徳川の天下となり、家康は征夷大将軍に任命され、江戸に幕府を開いた。

そんな頃のことである。諸侯が江戸城に出仕をした時、たまたま池田三左衛門輝政と長井伝八郎直勝が同席したことがあり、徳川家の重臣たちは両者の経緯を知っていたので、ハラハラして成り行きを見守っていたところ、輝政は伝八郎に父を討ち取ったときの詳細を聞かせてもらいたいと頼み、伝八郎の語りに涙を流しながら聞いていた。

輝政は話の後で、「不躾《ぶしつけ》ながらお尋ねするが只今の禄高はどれほど頂いておられるか」と尋ねたところ、伝八郎が「三千石を頂戴しております」と応えると、輝政は伝八郎に厚く礼を言って退座したのである。

そののちのこと、輝政が家康に会ったとき、父勝入ほどの武将を討ち取った伝八郎が三千石とは安すぎますので加増してやっては頂けないかと頼み込んだ。家康は輝政の心情を汲んで、後日伝八郎を倍の六千石に加増したのである。

参考文献

信長公記
改正三河後風土記
甲陽軍鑑
太閤史料集
　天正記
　惟任謀反記
　柴田合戦記
　川角太閤記
明智軍記
甫庵太閤記
常山紀談
武将感状記
吾妻鏡

【著者略歴】
堀田　林平（ほった・りんぺい）
大正11（1922）年、愛知県生まれ。名古屋在住。
平成5年、名古屋市高年大学 鯱城学園・陶芸学科入学。在学中、古文書クラブに入部する。同7年卒業生代表に選ばれ、一般公開学習会で織田信長をテーマに講演。卒業後も地域の郷土史研究会や学習会などに参加し、講演活動を行いながら文献史料の渉猟、研究を続けている。

戦国秘史

2012年10月24日　第1刷発行
（定価はカバーに表示してあります）

著　者　　堀田　林平

発行者　　山口　章

発行所　名古屋市中区上前津2-9-14　久野ビル
振替 00880-5-5616 電話 052-331-0008　風媒社
http://www.fubaisha.com/

乱丁本・落丁本はお取り替えいたします。　＊印刷・製本／モリモト印刷
ISBN978-4-8331-5250-1